共和国故事

新的跨越
——中国成功发射澳赛特 B1 通信卫星

马 夫 编写

吉林出版集团股份有限公司

图书在版编目（CIP）数据

新的跨越：中国成功发射澳赛特 B1 通信卫星/马夫编. —长春：吉林出版集团股份有限公司，2009.12

（共和国故事）

ISBN 978-7-5463-1893-6

Ⅰ. ①新… Ⅱ. ①马… Ⅲ. ①纪实文学－中国－当代 Ⅳ. ①I25

中国版本图书馆 CIP 数据核字（2009）第 237676 号

新的跨越——中国成功发射澳赛特 B1 通信卫星
XIN DE KUAYUE　ZHONGGUO CHENGGONG FASHE AOSAITE B1 TONGXIN WEIXING

编写	马夫		
责任编辑	祖航　李娇　关锡汉		
出版发行	吉林出版集团股份有限公司		
印刷	三河市嵩川印刷有限公司		
版次	2010 年 1 月第 1 版		2022 年 1 月第 8 次印刷
开本	710mm×1000mm　1/16		印张　8　字数　69 千
书号	ISBN 978-7-5463-1893-6		定价　29.80 元
社址	吉林省长春市福祉大路 5788 号		
电话	0431－81629968		
电子邮箱	tuzi8818@126.com		

版权所有　翻印必究

如有印装质量问题，请寄本社退换

前　言

　　自1949年10月1日中华人民共和国成立至今,新中国已走过了60年的风雨历程。历史是一面镜子,我们可以从多视角、多侧面对其进行解读。然而有一点是可以肯定的,那就是,半个多世纪以来,在中国共产党的领导下,中国的政治、经济、军事、外交、文化、教育、科技、社会、民生等领域,都发生了深刻的变化,中国人民站起来了,中华民族已屹立于世界民族之林。

　　60年是短暂的,但这60年带给中国的却是极不平凡的。60年的神州大地经历了沧桑巨变。从开国大典到60年国庆盛典,从经济战线上的三大战役到经济总量居世界第三位,从对农业、手工业、资本主义工商业的三大改造到社会主义市场经济体制的基本确立,从宜将剩勇追穷寇到建立了强大的国防军,从废除一切不平等条约到独立自主的和平外交政策,从"双百"方针到体制改革后的文化事业欣欣向荣,从扫除文盲到实施科教兴国战略建设新型国家,从翻身解放到实现小康社会,凡此种种,中国人民在每个领域无不留下发展的足迹,写就不朽的诗篇。

　　60年的时间在历史的长河中可谓沧海一粟。其间究竟发生了些什么,怎样发生的,过程怎样,结果如何,却非人人都清楚知道的。对此,亲身经历者或可鲜活如昨,但对后来者来说却可能只是一个概念,对某段历史的记忆影像或不存在,或是模糊的。基于此,为了让年轻人,特别是青少年永远铭记共和国这段不朽的历史,我们推出了这套《共和国故事》。

《共和国故事》虽为故事,但却与戏说无关,我们不过是想借助通俗、富于感染力的文字记录这段历史。在丛书的谋篇布局上,我们尽量选取各个时代具有代表性或深具普遍意义的若干事件加以叙述,使其能反映共和国发展的全景和脉络。为了使题目的设置不至于因大而空,我们着眼于每一重大历史事件的缘起、过程、结局、时间、地点、人物等,抓住点滴和些许小事,力求通透。

历史是复杂的,事态的发展因素也是多方面的。由于叙述者的视角、文化构成不同,对事件的认知或有不足,但这不会影响我们对整个历史事件的判断和思考,至于它能否清晰地表达出我们编辑这套书的本意,那只能交给读者去评判了。

这套丛书可谓是一部书写红色记忆的读物,它对于了解共和国的历史、中国共产党的英明领导和中国人民的伟大实践都是不可或缺的。同时,这套丛书又是一套普及性读物,既针对重点阅读人群,也适宜在全民中推广。相信它必将在我国开展的全民阅读活动中发挥大的作用,成为装备中小学图书馆、农家书屋、社区书屋、机关及企事业单位职工图书室、连队图书室等的重点选择对象。

编　者
2010 年 1 月

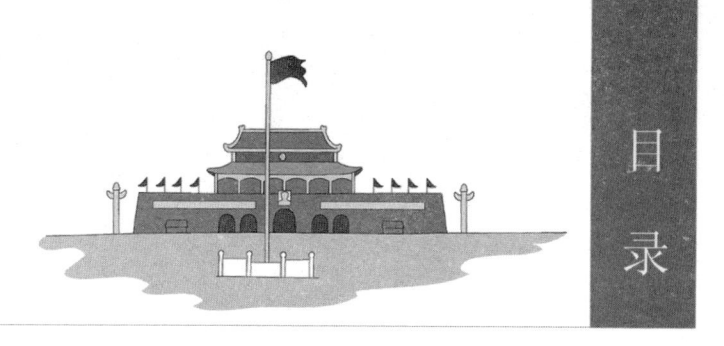

一、签约决策

决定发展商用发射服务/002

中美两公司合作签约/008

中央批准研制"长2捆"/021

二、突击攻关

组织突击研制"长2捆"/026

军民紧张抢建发射基地/032

对外协调确保发射顺利/039

"长2捆"首次试射成功/044

三、抢险排障

第一次发射"澳星"失利/052

发射现场进行紧急抢险/057

吊装战士紧急抢救"澳星"/068

火箭残体被运回北京/074

查明发射故障的真相/078

中美澳三方继续合作/081

火速组织再造"长2捆"/084

目录

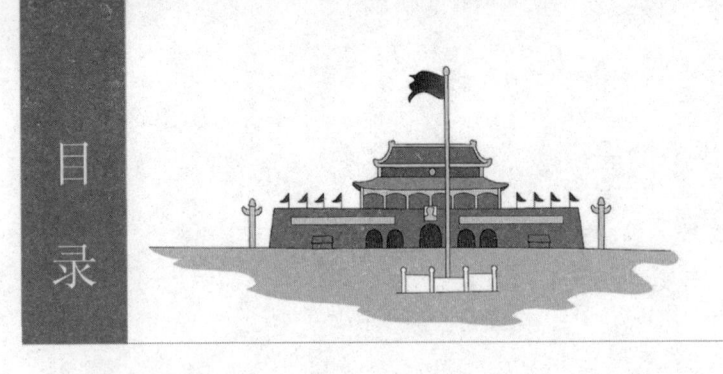

四、发射成功

　　精心准备第二次发射/088

　　李鹏拍板进行现场直播/092

　　第二次发射取得成功/095

　　举国欢庆"澳星"发射成功/106

　　第二颗"澳星"发射升空/110

　　再度合作发射第三颗"澳星"/117

一、签约决策

- 我国航天界正式向全世界宣布:"'长征'火箭进入国际商业发射服务市场,承揽国际发射业务!并负责培训技术人员!"

- 澳大利亚政府空间部门对外公开宣布:"澳大利亚购买的休斯公司制造的通信卫星,将用中国的'长2捆'运载火箭发射!"

- 发射合同规定:"在评审中,如果美方有充分的理由和根据认定中方无力发射或者不能按时发射,那么美方有权单方取消合同,并同样罚款100万美元。"

决定发展商用发射服务

1985年5月的一天,一支由4人组成的中国代表团出现在日内瓦国际空间商业会议上。

一开始,他们并没有引起各国代表的注意。在各国代表看来,中国代表团也许只是前来旁听的。

48小时后,戏剧性的一幕出现了:

当轮到中国代表发言时,代表团团长陈寿椿走上讲台,他拿出的讲话题目竟然是《中国为世界提供发射服务的可能性》。紧接着,陈寿椿将宣传资料的录像一放,各国代表不得不刮目相看。

其实,这只不过是深谋远虑的我国航天人向世界航天界首次试放的一个小小的"探空气球"。

没想这"探空气球"刚一放出,敏感的同行们便很快有了反应。

第二天,法国一家报纸就在醒目位置登出一则消息:

羽毛未丰的中国航天技术要参加国际竞争……

一个月后,我国航天工业部预先研究局副局长、长城工业公司副总经理乌可力带领中国代表团前往巴黎参加航展，让中国的航天成果在世界首次亮相，正式拉开了中国航天技术走向世界的序幕。

同年10月，我国航天界正式向全世界宣布：

"长征"火箭进入国际商业发射服务市场，承揽国际发射业务！并负责培训技术人员！

这是我国航天界贯彻对外开放方针，开展国际间航天技术合作的重大举动。

当时，我国航天人的真实意图是，用中国的低轨道运载火箭配美国现成的卫星，作为对已选用航天飞机发射用户的一个替代或补充，从而让中国的火箭进入国际市场。

由于我国的"长征"火箭采用现成的成熟技术，因此，可以大大降低发射成本。

那么，我国航天人是在一种什么样的国际和国内环境下，作出这样的决策的呢？

我们知道，我国的航天技术起步于20世纪50年代中期，至1985年刚好30个年头。

这30年中，头20年是计划经济体制下的技术储备。1978年底，十一届三中全会召开之后，我国进入改革开放的新时期，航天事业得到了前所未有的大发展。

我国曾在1980年5月，成功地向南太平洋发射了远程运载火箭；1982年10月，成功地进行了潜艇水下发射运载火箭试验；1984年4月8日，用新研制的"长征-3"号火箭成功地发射了我国第一颗地球同步轨道通信卫星。

短短几年，航天领域捷报频传，我国一跃成为世界上少数几个空间技术强国之一。

1984年10月，十二届三中全会比较系统地提出和阐明了经济体制改革中的一系列重大理论和实践问题。

会议确认：

我国社会主义经济是公有制基础上的有计划的商品经济。

这是全面进行经济体制改革的纲领性文献。这标志着我国的航天事业同样可以"对内搞活、对外开放"。

正是在这种国内背景下，我国航天人的脑子突然开始转悠起来：

中国的火箭能不能打入国际商用市场呢？

当时，他们的设想还有：搞汽车生产，波音727飞机的改造，生产氦气艇和农用飞机。

但经过一段时间的调研和酝酿，他们觉得搞对外发射服务才是中国航天工业改革开放的一条根本出路。

当然，对我国航天人来说，这种设想还只是一种念头，这个念头不仅不敢到国外去讲，就是在本国的领土上，也只能是几个人凑在一起，关起门来"小侃一通"。为什么呢？因为怕人笑话。

其实，对他们来说，这种谨慎由来已久。此前在加拿大举行的一个大型国际贸易展览会上，中方几经努力，好不容易才使中国的火箭、卫星等航天产品取得参展资格。可到了开展那天，由中国人自己亲手布置的展厅却令人哭笑不得：中国赫赫有名的火箭、卫星等航天高技术产品被放在一个很不起眼的角落，而让喝惯了咖啡的西方人在最明显处看到的，却是一包包散发着浓郁气味的、古色古香的正宗中国茶叶！

幸运的是，承接对外发射任务这一设想，得到了聂荣臻、张爱萍、宋健以及国防科工委和航天部等有关领导的大力支持。

航天部副部长刘纪原很快便负责组织成立"开拓国际市场十人小组"，开始了前期的国际市场调查和组织工作。于是，中国航天工业的改革，迈出了小心翼翼地第一步。

1985年2月，中国火箭技术研究院首次开始接触发射服务，当时的何克让副院长同长城公司总经理张正霖等，在美国华盛顿与某公司草签了委托其开发发射服务市场的意向书。

紧接着，如前所述，同年5月，中国代表团出现在了日内瓦国际空间商业会议上。10月，我国正式宣布参与商用火箭发射的国际竞争。

1986年1月22日，中国火箭技术研究院副院长何克让带领航天部代表团，在瑞典与瑞典空间系统公司签订了中国第一份对外发射协议。

就在中国代表团签完合同路经荷兰的阿姆斯特丹时，听到了美国"挑战者"号航天飞机失事的消息。

美国航天飞机失事后，美国空间局便辞退了国际上大部分商业用户，从而造成了欧洲"阿里亚娜"火箭独霸国际发射市场的局面，使世界范围内出现了暂时性的"运载危机"。

而卫星用户又不满足于仅有一家独占发射市场的现状，愿意寻找其他途径，以形成一个有利于多用户的竞争局面。

这对正急于寻找机会走向世界的我国航天人来说，无疑是天赐良机！

于是，他们很快准备了6套火箭发射服务的方案。"长2捆"运载火箭，便是方案之一。

"长征-2"号捆绑运载火箭，简称"长2捆"，是一枚大型两级捆绑式运载火箭，在其一级外部捆绑有4个助推器。

"长2捆"运载火箭主要用于发射近地轨道有效载荷，配以合适的上面级，可进行中高低轨道、地球同步转移轨道等卫星的发射。

"长2捆"火箭的研制成功，使我国首次突破了助推器捆绑技术。此前，还首次研制成功了推进剂利用系统和大型发射台等36项关键技术。

紧接着，航天部还组成了一个10人代表团，首次赴美宣传推销"长征"系列运载火箭，历时两周，共作宣讲报告20多场。

宣讲推销的结果表明："长征–3"号火箭和"长2捆"运载火箭均受欢迎。

于是，航天部于1986年底，决定在美国洛杉矶设立中国对外发射服务办事处，以此作为我国开发对外发射服务市场在北美的一个窗口，该办事处的负责人是黄作义。

中美两公司合作签约

1986年底,我国长城公司和中国卫星发射控制系统联名起草了一份题为《建议加速发展"长2捆"运载火箭》的汇报提纲,随后,向航天部党组作了正式汇报。

航天部党组立即召开扩大会议,并很快对此做了决定。航天部部长李绪锷指示:

> 3个型号统一设计,一个半队伍,两笔经费,加强市场开发。

3个型号的火箭就是指简称为:"长2F""长3A"和"长3B"的运载火箭。

1987年1月9日,国防科工委和航天部领导听取了关于研制"长2捆"的汇报后,当即决定:

> 对外明确宣布研制"长2捆"火箭的决策,并尽快向李鹏和张爱萍汇报。

与此同时,中国又向美国休斯公司发去一份关于用"长2捆"火箭发射其卫星的建议书。

休斯公司很快便寄来了一份发射协议文稿,并希望马上开始合同谈判。

2月5日,中国航天部副部长刘纪原在美国与休斯公司副总裁道夫曼分别代表东西方两个高技术集团,郑重地签下了一份具有历史意义的技术合同协议书。

也正是这份技术合同协议书,将我国火箭技术第一次推向了国际商用舞台。

中美两公司签订的这份技术合同协议书,还要从澳大利亚通信卫星公司说起。

澳大利亚通信卫星公司成立于1984年,该公司成立之初,便耗资3.3亿澳元建立了包括3颗卫星在内的第一代卫星通信系统。

为了确保建立第二代通信系统,该公司于1987年9月,在悉尼进行了卫星制造和发射项目的招标。

参加这次投标的有美国休斯公司、美国通用公司、美国福特公司、德国联邦集团、法国宇航公司、英国宇航公司6个西方宇航集团。

其中,只有休斯公司在其运载方案中列入了中国连影子也没有的"长2捆"火箭。

经过两轮招标和投标,揭标结果大出西方人意料:中标者竟是休斯公司使用中国"长2捆"火箭发射两颗"澳星"的方案!

紧接着,澳大利亚通信卫星与美国休斯公司组成联合代表团,由休斯公司退休副总裁龙尼为团长,专程来华进行考察。

该代表团对"长2捆"计划、技术和飞行试验方案进行了反复讨论和严格评审,并先后参观考察了航天部和国防科委共22个点。这22个点,大部分是首次向国外开放。

代表团考察结果,对中国几个方面的情况,表示基本满意。

1988年1月16日,澳大利亚通信卫星公司公布招标结果:

美国休斯公司中标。

同时,澳大利亚政府空间部门还对外公开宣布:

澳大利亚购买的休斯公司制造的通信卫星,将用中国的"长2捆"运载火箭发射!

如果美国政府不批准,澳方将重新考虑与休斯公司已签订的总承包合同。

7月初,就在美国休斯公司拟定选用中国的"长2捆"火箭发射两颗"澳星"的方案中标后,我方长城公司副总经理陈寿椿带着律师,即刻飞往洛杉矶休斯公司总部,就合同文本问题与休斯公司进行了洽谈。

陈寿椿与对方商讨了整整两个星期,双方反复较量了好几个回合,最后也没达成一致的意见。

直到 7 月中旬，休斯公司代表到北京，与长城公司再一次进行了洽谈后，双方才草签了一个合同。尽管中方几经努力，正式的合同仍然没有签订。

休斯公司迟迟不敢贸然签订正式发射合同，自然有他们自己的考虑。

要知道，该公司这次制造生产的卫星，属于公司第二代系列产品，即国际大型通信卫星，一共 24 颗。由"澳星"公司购买的、并认可由我国"长 2 捆"火箭发射的这两颗卫星，又属于该公司这一系列卫星中最先推出的两颗。

陈寿椿猜想：休斯公司的心情，如同慈爱的父母，好不容易抚养大了一大帮女儿，现在两个大女儿要出嫁了，总希望能替两个女儿找到一个"好婆家"吧。

"长 2 捆"火箭这位"女婿""家庭背景"的条件固然理想，而且据考察应当前途无量，但毕竟尚未"功成名就"啊！

中国这位"婆家"虽然热情诚恳，很守信誉，但当时家底儿太薄。如果真要"定亲"，一旦出现万一，不光两个"大女儿"会遭遇不幸，而且还将直接影响其余几个"女儿"的"出嫁"。

所以，可以想见，作为国际卫星制造业巨头的休斯公司，不找到条件完全满足他们预期的发射方，或不到万不得已时，是绝不肯轻易与中方签订正式发射合同的。

但中国长城公司又希望正式合同尽快签订为好。这是因为,"长2捆"火箭到底是应该上马还是不应该上马,是尽快上马还是干脆下马,我国国内的意见并不完全一致。

要是没有签订正式的合同,国内很难下决心。因为,"长2捆"一旦决定上马,就要投入大量经费。要是火箭造好了,国外又不需要,岂不是白干?但要是先签订了正式合同,即先找好了买主,国内的决心就好下了,计划也就好安排了。

因此,中国代表团这次前往洛杉矶谈判,能否从国外拿回正式发射合同,对"长2捆"火箭的命运起着决定的作用。

然而,尽管陈寿椿他们做出了不懈努力,但双方只草签了一个合同。而且合同还规定:

> 1988年10月31日前,双方如果还没有签订正式发射合同,之前签订的有关协议将自动失效。

就这样,第一次谈判结束。陈寿椿他们带着焦虑的心情回到国内。

同年10月,中国代表团再次前往美国洛杉矶,与美国休斯公司进行有关发射合同的最后谈判。

在此后的半个月里,中国代表团费尽心血,但正式发射合同还是无法签订下来。

利益分歧的焦点是，休斯公司不肯接受中方再次发射"澳星"这一条件。针对这个问题，中方代表团又进行了反复酝酿讨论，曹正邦又补充了不少好的建议。

最后，代表团决定：继续和休斯公司谈判，绝不放弃最后一天。

于是，29日，中方立即通告美方：明日继续谈判。

美方当即回告中方：明日是礼拜天，公司老板已经休息！

中方立即回电：

> 贵公司若是感到为难，我们只好放弃合作的机会，另作打算。

美方当即回告中方：

> 请稍等，我们马上禀报老板。

半小时后，中方得到美方答复：

> 公司老板同意明天再作最后一次谈判。

于是当晚，中方代表团积极策划准备。大家彻夜未眠，制订了一套严密的谈判方案。

10月30日，是双方最后谈判的日子。如果"长2

捆"火箭的发射合同在这天仍不能签订,那双方之前的一切努力都将前功尽弃。

这天清晨,一夜未眠的中方主谈代表黄作义一行,连早饭也没来得及吃,便匆匆赶到休斯公司总部大楼。

因为是礼拜天,往日神经绷紧的大楼此刻显得格外轻松宁静,整个洛杉矶仿佛也还在睡梦中。

刚进天命之年的黄作义尽管睡眼蒙眬,滴水未进,却满肚子都鼓着精神。

后来黄作义说,当他们双脚跨进休斯公司总部大楼的电梯时,心里竟涌出一种无法言说的悲壮!

谈判从9时开始,一直持续到19时,双方意见仍然不能达成一致。双方分歧又卡在了"发射保险"的问题上。一时间,谈判陷入僵局。

谁都知道,航天发射具有高风险。按国际惯例,每次发射前,无论是承担发射方,还是卫星制造方,都要为自己的产品找到保险承担商。

但是,从1984年至1987年这4年间,由于美国和法国发射连连失败,使欧美几家保险公司支付了大量灾难性事故的保险费。

比如,美国因两颗卫星发射失败,使航天保险商总共付出了两亿美元的赔款,从而使保险费率一下比原来提高了5倍!而赔付周期和入保条件也随之受到了更大的限制。

所以,在1987年后,许多跨国保险公司不敢出面作保。而愿意作保的公司又乘机抬价，每次发射活动的平均保险费高达1.5亿美元！

1984年以前，美国航天供应商每次发射的平均成本才只有1亿美元。其中包括卫星成本，以及发射和重新发射服务的费用。而卫星制造商支付给保险商的保险费仅为500万美元。

于是，国际航天发射市场便开始出现了保险危机。

为了化解这种危机，承担发射方和卫星制造方就只好自己为自己的产品作保，并承担发射阶段中的大部分风险。

这样，便为卫星用户提供了一种全新的选择，从而以此促进彼此间的合作。

但这样一来，又为承担发射方和卫星制造方带来了更重的负担和更大的风险。

在此之前，为了保证"澳星"能由中国发射，中国人民保险公司冒着巨大风险为其作保。

保险公司国际部的经理丁运洲先生，还专门前往英国等地与有关保险公司洽谈"澳星"的保险问题。

之后，他随着中国代表团来到洛杉矶，竭力促成双方发射合同的尽快签订。

"澳星"的发射，毕竟非同一般。休斯公司尽管已数次就技术细节问题与中国专家们进行过洽谈，并逐渐完善了协议文本，但他们考虑到：像"长2捆"这种大型运载火箭，我国毕竟是首次研制，尚无成功的先例。承担的风险肯定要比其他发射大得多！

因此，保险界一直持怀疑和犹豫的态度，也促使休斯公司迟迟不敢一锤定音。

21时左右，端坐在谈判席上的黄作义反而显得很冷静。当天的谈判谈到这个地步，是他早有预料的。

因为他与休斯公司可谓"老交情"了，该公司的不少专家都是他的朋友，甚至有的专家还与他是至交之谊。

通过这几年打交道，他对眼前谈判对手的真实心态，是再了解不过了。

于是，他有意拖延了几分钟，然后按事先与乌可力、李宝铭商定好的计划，平静而又颇感为难地说道：

先生们，很遗憾，属于我们的时间已经不多了。如果我们在今天还签订不了合同，那明天将有另一家公司和我进行洽谈。

很抱歉，我们的优惠只向最先使用中国火箭的用户提供，这你们是知道的。

现在，另一家公司的代表就等候在我老板的房间，我的老板很着急，正等着我们的消息，以便考虑如何选择。

黄作义刚一说完，便在美方代表席上引起一阵小小的骚动。

显然，美方代表已听出黄作义的弦外之音，如果这次不合作，中国将同别的公司"另结良缘"。也就是说，以后再合作，休斯公司就享受不到现在的优惠价格了。

而这优惠价格，恰恰是一个敏感的问题。休斯公司和"澳星"公司之所以选用中国的火箭发射"澳星"，除了信任中国的火箭技术外，最重要的一点，就是价格优惠。

作为生意场上的老手，休斯公司当然比谁都清楚国际航天发射市场的行情。

例如美国的"大力神"火箭一次发射的价格为1亿多美元；"宇宙神"火箭一次发射的价格为4000万至9000万美元；"德尔塔"火箭一次发射的价格为4500万至5000万美元；法国"阿里安"火箭一次发射的价格为5000万美元；而中国的火箭一次发射要价只有2500万美元！

也就是说，中国的要价要低于国际市场的一半！这个价码，全世界只有中国和苏联才能做到。

但是，苏联一方面由于政策不开放，另一方面由于卫星技术落后于美国，美国担心自己的卫星技术被窃，因此不肯与他们合作。

这正是休斯公司愿意同价格便宜又"遵纪守法"的中国航天人打交道的真正原因。

美方代表在一阵短促的骚动之后，很快表态说："请允许我们离开30分钟。"

不到30分钟，美方代表便面带微笑回到了谈判席上，他们手里捧着的，正是那份中方代表期盼已久的合同文本。

1988年11月1日9时，在休斯公司总部大楼第二层会议室里，我国长城公司与休斯公司举行了正式的合同签字仪式。

仪式结束后，美方举行了盛大的招待会。

席间，休斯公司发射服务采购部主任斯多特先生同中国长城公司副总经理乌可力举杯助兴时，还是忍不住流露出了一种可以理解的担心，他说："乌先生，现在正式合同已经签订。下一步可就等着看你们的运载火箭和发射场了！"

乌可力双手托住酒杯，微微一笑，说："18个月后，咱们见分晓吧！"

我国长城公司同美方签署合同，显示了中国人的气魄和眼光。休斯公司敢于同中方签署合同，同样也体现了美国人的气魄和眼光。

其中，发射合同中规定：

第一，中国必须要在1990年6月30日前，保证"长2捆"火箭有一次试验发射。

试射失败或无正当理由推迟发射，美方有权终止合同，并罚款100万美元。

第二，美方将在1990年4月前后，对中方的运载火箭、发射场等发射服务设施进行一次严格的评审。

在评审中，如果美方有充分的理由和根据认定中方无力发射或者不能按时发射，那么美方有权单方取消合同，并同样罚款100万美元。

针对这份合同，我国当时还没有火箭，也没有发射场，更没有与之配套的许许多多的工程设施，甚至连发射塔的设计图纸都还没有！

尽管"长2捆"火箭有了部分设计图纸，可要真正研制成功这枚火箭，谈何容易！何况这种捆绑式火箭，在中国火箭家族又从无先例。

更为严峻的，是从签订合同之日起到火箭发射，只剩不到20个月了！而要研制一枚这样的大型火箭，像美国那样好的条件，至少也要3年！

这一切，在国际航天史上是没有先例的。这份合同对我国航天人的压力就可想而知了。

想在如此短的时间里搞出"长2捆"火箭，不光外国人难以置信，中国航天人内部也有不同意见。

当长城公司从国外拿回发射合同后，国内航天界就有一些争议。

例如反对的人认为，先签合同后搞研制，是一种冒险；还有人认为，"八"字还没一撇，牛皮就吹了出去，还斗胆同外国签了合同，是典型的"洋跃进"。

甚至还有人指责说，什么都还没有就签了合同，这是拿着国家的钱在开"国际玩笑"。

但支持的一方认为,中国的科技要改革,要走向世界,就得有开拓精神、竞争意识,就得敢于承担风险,而绝不能迈着方步走老路。

支持者还认为,如果我们瞻前顾后,按部就班,束手束脚,怕这怕那,始终用国内习惯了的那一套工作方式和思维观念去与世界竞争,而不能见机行事、快速应变,那么对迎面而来的财运也会视而不见,纵然天赐的良机也会失之交臂。

在当时的国际发射市场,强手如林,群雄角逐,机遇比什么都重要。如果等你先造好了火箭,再去谈判,再去签合同,那生意早被别人抢走了。

因此,能否抓住一个挤进国际市场的机会,往往是成败的关键。

无论是先签合同后造火箭,还是先造火箭后签合同,无非都是生意场上的一种手段,有什么大惊小怪的!

中央批准研制"长2捆"

1988年12月14日,国务院召开办公会议。经过反复研究,会议最后批准了用"长2捆"火箭发射"澳星"的方案。

至此,"长2捆"发射"澳星"的任务,正式列入国家重点项目。

"澳星"的合同签订了,发射方案也批准了,于是,酝酿了多年的"长2捆"大型火箭也就可以抓紧时间制造了。

当时的问题是,造火箭得有钱。航天技术是高投资的领域,这在全世界都是如此。

当时已有58个国家投资发展航天技术,有170多个国家和地区应用航天技术成果,其总投资高达6000亿美元以上。其中,当时美国每年的航天投资占国民经济总产值的0.5%左右,达到了100至200亿美元;苏联每年的航天投资占国民经济总产值的1%至2%,达到了100至350亿美元。

而刚刚进入改革开放后不久的中国,还是个发展中国家,工业基础薄弱,人均收入低,国民经济实力并不雄厚。几十年来,中国航天人一直是在少于发达国家几十倍投资的艰难条件下,从事和发展航天技术的。

所以，当时我国的航天人最需要的是钱，最缺少的也是钱。国家如此之大，困难如此之多，钱又如此之少，不可能拨出专款。

国务院有关部门在批准"长2捆"方案的同时，就明确态度：

> 研制"长2捆"数亿元的研制经费由中国火箭研究院自己从银行贷款解决，国家不拨专款。

至于贷款的巨额本息的偿还，需靠"长2捆"发射成功之后，从发射"澳星"的收入中支付！

本来就一贫如洗的中国航天人，一下要去贷款几个亿的人民币搞研究，这将意味着什么？

可我国航天人心里最清楚：不干就没出路，不干命运更惨！"物竞天择，适者生存。"要想摆脱贫困，走向世界，就得付出代价！

他们比谁都清楚，在世界航天领域里，中国的技术当时只能排在"老三"的位子。

日本的 H2 大型火箭正在加速研制之中，几乎是呼之欲出了。印度也安排了研制大型运载火箭的计划。

也就是说，如果我国的"长2捆"不能尽快搞出来，那中国就会落在日本、甚至印度的后面，中国在世界的"老三"位子可能跌为"老四"甚至是"老五"。

作为中国的火箭专家,他们无法忘记20年前,那极受打击的一页历史:1970年,××国抢先于中国一个多月发射了第一颗人造卫星。

如今,日本又在暗中紧盯着中国"长2捆"的研制进度,试图再一次抢先于中国推出大型运载火箭。

为此,研制"长2捆"的专家们说:"只要我们还活着,就绝不让××抢在中国的前面。"

专家们强烈呼吁:

> 只要让搞"长2捆",贷款再多也干!欠下的债要是我们这一辈还不清,就让我们下一代接着还!

有的专家和老工人还说:"每月的奖金就不要再发了,都拿去搞'长2捆'吧。"

于是,航天部大胆决定:立即从银行贷款。

于是,中国人民银行、工商银行在国家资金相当紧缺的情况下,四处奔波,八方联系,好不容易筹措了数亿人民币的贷款。

航空航天部副部长刘纪原临战请缨,主动出任研制"长2捆"火箭的主帅。

中国运载火箭技术研究院作为总承包商,承揽了研制任务。

然而,等这些基本条件具备时,离合同规定的第一次试验发射时间，只剩下 18 个月了！

有国务院的坚强支持作后盾，研究院随即沸腾起来了，拥有两万多名员工的研究院立即召开了大战 18 个月攻下"长 2 捆"的战斗动员大会。

研究院院长王永志在会上下达动员令说：

从今天开始，全院进入了一个非常时期，要打破所有计算工时工效的规矩，要把决战期间的 180 天变成 360 天或 420 天，取消非常时期内一切休假。研制只能成功，我们已没有了退路。横下一条心，背水一战，拿下"长 2 捆"。不管是苦仗硬仗，我只要一个最后时限，即 1990 年 6 月 30 日"长 2 捆"矗立在西昌卫星发射中心基地的塔架上。

二、突击攻关

- 院长王永志发出号召说:"研制'长2捆'火箭的决心,我们已经下定了!这是一场硬仗,是我院天字第一号任务,我们无论如何也要完成它!"

- 在9天的时间里,其中还有7天是雨天,他们每天工作16个小时以上,用自己的双手绑扎了600吨钢筋,共计绑扎了180万个结点。

- "阿里安"火箭公司说:"到时候,如果中国造不出火箭,或造出火箭后发射失败,你要再找我们合作,我们的报价可就要比现在高三倍咯!"

组织突击研制"长2捆"

1989年1月,研制"长2捆"这一庞大的系统工程在全国迅速展开,几乎半个中国都在为"长2捆"兴师动众。

它涉及了国家外交、电子、铁路、民航、海关、公安、物资、能源、冶金等20个部委和总公司,涉及了26个省74个市的300多家企事业单位。

这其中,工作最紧迫、最忙碌、最繁重、最艰难的,当然是中国运载火箭技术研究院。

我国过去研制一枚新型号的火箭,一般是5至6年。现在研制"长2捆"大型运载火箭,却只有18个月的时间。而且,退路已经堵死,没有一点余地。

也就是说,倘若这18个月造不出火箭,或者火箭造出来性能不合格,那国家的形象、尊严,以及中国火箭和中国火箭专家的信誉,都将受到严重打击。好不容易刚刚打开的国际市场,就有可能因此而自毁前程。

还有,巨额的赔偿以及来自国内外的各种压力,就会使中国的航天事业陷入极为被动和尴尬的境地。

另外,中国的两代航天人奋斗了30年才获得的这个优势和机会,也将因此而前功尽弃。

总之,用火箭专家们概括的两句话说,就是:

丢不起脸！赔不起款！

就在国务院批准研制方案后，一天上午，在研究院可容纳1000多人的礼堂里，全院隆重地召开了紧急动员大会。

在会上，院长王永志发出号召说：

> 研制"长2捆"火箭的决心，我们已经下定了！这是一场硬仗，是我院天字第一号任务，我们无论如何也要完成它！

话音刚落，全场掌声雷动。散会后的当天下午，大家的神经就绷紧了。

随后，研制计划安排出来了。可当计划刚一公布，无论是研究所的所长，还是工厂的厂长，或者是车间的老师傅，大家无不大惊失色，全都使劲摇头说："这是不讲理的计划！"

为什么这么说呢？比如，过去设计一枚火箭至少一年半到两年，如今只给3个月；过去生产一枚火箭至少两年半到3年，如今只给14个月！

但是，大家心里都明白，想得通得干，想不通也得干。这就是当时我国航天人唯一的选择！

紧接着，摆在他们面前的有五个难关：第一是理论关；第二是设计关；第三是生产关；第四是试验关；第五是发射关。

捆绑式火箭对设计师们来说，难点恰恰就在"捆绑"二字。

要在一枚大型火箭上再捆上 4 个助推小火箭，这种结构他们只在国外的一些画报上见过。到底该怎么弄？还得靠自己琢磨。

此后，主任设计师李福昌用铁丝和报纸做了个捆绑火箭的小模型。

他成天就对着小模型琢磨：如果 4 个助推小火箭发力不均衡，火箭在空中失稳怎么办？4 个捆绑小火箭中，万一有一个出现故障，火箭在空中栽倒又怎么办？

不久，经过大家的集智攻关，捆绑技术的方案终于解决了。

与此同时，在研究所另一个机房里，设计师孙思礼、杨德生等人连续奋战 36 个小时，终于解析出 47 阶微分方程，攻下了液体晃动和弹性稳定问题的难关。

李福昌他们解决了"捆绑"方案后，又开始着手解决在火箭结构动力学分析中遇到的难题。这个难题就是，设计部门没有大型计算机。

说起来令人难以置信，类似这种高科技、高精度的火箭导弹的设计生产，研究院里许多仪器设备都是 20 世纪五六十年代的产品，甚至个别的还有 20 世纪 40 年代的产品！

于是，李福昌他们想请美国同行帮忙计算。

美方的答复很爽快：行！

但按西方人的规矩，需付费30至260万美元的劳务费。或者对中方人员进行一下培训，只教给必要的计算方法，这样可为中方节省一笔费用，但这需要付30至60万美元！

火箭总设计师王德臣听后一边表示感谢，一边婉言谢绝，说："让我们自己先试试看吧！"

其实，他心里在嘀咕：我现在还欠着账呢，哪有钱给你们？

于是，研究员朱礼文和高级工程师鲁昌签等人，决定用小容量的IBM个人微型计算机，即家用电脑开始尝试着计算。

由于这种小计算机无法进行大规模数据计算，他们便只好自己编了1万多条程序，先将整体切割成若干小部分，再进行推导、归纳、综合。

就这样，朱礼文他们整整用了5个月时间，终于将结果计算出来了。仅他们演算使用过的稿纸，堆起来就有一米半高。

后来，大家把某些计算片段同美国的大型计算机的计算结果一对照，结果发现，连小数点后面的尾数都相同！这让他们大喜过望，一种"沾沾自喜"的成就感油然而生。

火箭上某个部件，加工精度要求极高。按我国现有的设备仪器条件,一般技术工人根本无法达到要求。大家都知道,老师傅徐青松怀揣绝技,只有他能啃下这块"硬骨头"。

可徐青松身患膀胱癌,刚刚做完手术,正在医院里休养。这可怎么办呢?

没几天,徐师傅还是知道了这件事。徐师傅打起精神下了病床,拖着虚弱的身子默默来到车间。

此后,无论是白天还是夜晚,徐师傅总是佝偻着腰身站在工作台前隆隆作响的机器旁。他一边挥动着手中的小榔头一下一下地敲打着部件,一边不时取下别在腰间的毛巾擦着头上的汗水。

领导强令让他休息,但他死活也不肯,说:"这个时候我不上,咱们不都得'等死'吗?"

火箭体壁板成型,是钣金加工中关键的一步。由于新购置的大型滚床没有按时到货,生产一时"搁浅"了。

在这紧急关头,54岁的老工人杨友业主动向领导请战,凭着丰富的经验和熟练的技术,把机床的吃刀量调小,用10多个工人抱着20毫米厚的铝板,一点一点往里送。

这样来回滚动了18次,使铝板乖乖弯成一定弧度。厚板成型加工任务终于完成了。

在加工元件时,老钳工傅永贤的手被钢屑划出一道道血痕,殷红的鲜血流在砂轮上,他专注地盯住机床,居然没有察觉到。

青年女工郭力平的孩子高烧40度，为了抢时间，她硬是没有离开工作岗位一步。

在卫星整流罩的生产中，有毒的黏合剂渗透了工人的乳胶手套，"腌"黑了他们的手掌，肿胀得令人难以忍受，但他们顽强地坚持着。

在突击研制"长2捆"的18个月里，中国火箭研究院成功地采用新技术21项，突破技术难题20个，新工艺难题126项。同时，还完成设计图纸24套、44万张，完成近84项、数十万个零组部件的加工生产和总装包括5000套特殊工装的设计和生产，完成地面试验近300项。

时间如此之短，效率如此之高，这在中国火箭技术研究院30多年的历史上从无先例，在世界航天史上也是奇迹。

1990年4月底，第一枚"长2捆"在中国火箭技术研究院诞生！

军民紧张抢建发射基地

要把"长2捆"火箭发射上天,还得有发射场。但当时的中国,没有可以发射"长2捆"这种大型火箭的发射场。于是,在突击研制"长2捆"火箭的同时,兴建大型发射场的工程也开始在西昌破土动工。

这样一座规模巨大的现代化发射场,除了设计上的难点之外,遇到的最大问题同样是经费少、时间紧。

建这样同等规模的发射场,美国用了1.1亿美元,法国用了2.5亿美元,而我国的预算费用却只有1.4亿元人民币。

也就是说,我国的经费仅仅是美国的五分之一,是法国的九分之一。

钱少,办事当然就难。但是没有什么办法,研究所实在拿不出更多的钱。

再有一个问题就是时间紧。

建这样一个同等规模的发射场,美国用了19个月,法国用了29个月,而我国只剩下14个月。

如果14个月里发射场不能如期竣工,势必拖延发射,后果将不堪设想。

担任发射场设计的,是北京特种工程设计研究所。到底采用一座什么样的发射塔,设计师们搞出了八九个方案。

在这之前，50多人的设计班子，在武汉熬了40个昼夜，连春节也顾不上过，才总算完成了5000多张设计图纸。

担任建造发射场的，是解放军一二四团，国防科工委安装大队和西昌卫星中心工程营、汽车营等单位。工程同时还动用了西昌5个县上千的农民工。

当大批突击队人马开进时，工程场地还是一片荒丘，乱石成堆。

工程破土动工时，正值冬季，寒风刺骨，大雪纷飞，数千名施工者个个冻得瑟瑟发抖。

由于没有现代化的机械设备，发射场坪的基础工作就只有靠推土机、拖拉机、大卡车、牛拉车、毛驴车和竹筐、背篓、铁锹、铁镐、钢钎，以及大量的人力苦干去完成。

火箭底部喷火时，需有一个导流槽。这个导流槽深30米，长70米，由于地底下全是石头，推土机拱到四五米深，就再也无能为力了。

剩下的就只得靠人力，先爆破，再用两手往上抱，用背篓往上背。

当导流槽挖到了22米深时，坑底积满了70多厘米厚的烂泥浆，使浇筑混凝土无法进行。

这种泥浆水泵抽不动，机械工具也无能为力。最后，官兵们只好挽起裤腿，用脸盆一盆一盆地往外端。

整整五天五夜，他们用脸盆从20多米深的槽底端出烂泥浆1000多立方米！

4月份，是西昌的雨季。为了赶在雨季到来前竣工，工地上彻夜灯火通明，大家是人歇工不歇，每一班又常常昼夜苦干。

就这样，短短几个月里，共挖掘、回填土石方近15万立方米，浇筑钢筋混凝土2万多立方米，砌各种毛石工程4万立方米，完成施工面积近2万平方米。

负责兴建这个发射场的副指挥长、原西昌卫星中心主任曲从治，本是一位相当壮实的汉子，可到后来，身体也只有苦苦支撑了。

为了能保证他支撑下去，老伴辞去工作，专门从北京赶到西昌，就想给老头子洗上几件衣服，做上几顿饭。

老伴知道曲从治的胃不好，只能吃面条之类的软食，所以，临行前便什么也没带，只把儿子从日本专门为他买回的压面机背到了西昌。

可老头子不分白天晚上全泡在了工地，有时十来天也不见人影。结果，那专门从日本背到北京、再从北京背到西昌的压面机，倒成了老伴的"伴儿"了。

在这场恶战中，特别值得一提的，是国防科工委特种工程技术安装大队。

据说，这个安装大队大有来头：早在1962年，经周恩来同意、中央军委批准，从工程兵部队和北京、天津、上海、武汉等各大城市六级以上工人中挑兵选将，组成了这支解放军唯一的特种工程技术安装大队。

在30年中,无论是人民大会堂庄严的国徽,军事博物馆巨大的石星,还是西昌、太原发射中心那高高的发射塔,都是由他们负责施工安装的。全国20多个省、市、自治区都留有他们的足迹。

就是这支传奇的特种工程技术安装大队,在抢建发射场的420个日日夜夜里,为了抢时间,他们每天工作都在12个小时以上,从没休过一个星期天,创下了一个个神奇的纪录。

他们在45天时间里,57人将近10万米的钢管搬运就位,将7万多个扣件一个一个地扣套在钢管上,将18万套螺栓用扳手一个个拧在扣套上。干完后,57人的平均体重下降1.5公斤多。

在9天的时间里,其中还有7天是雨天,他们每天工作16个小时以上,用自己的双手绑扎了600吨钢筋,共计绑扎了180万个结点。

在7天时间里,他们用肩膀将一袋袋水泥从火车站转运到20公里之外的发射场,共装卸水泥4700吨,平均每天每人装卸水泥12吨。

在一年时间里,汽车连的汽车兵靠着4个轱辘,转运钢材5000吨,木材2000立方米,水泥4万吨,石子3万立方米,砂石3万立方米,机砖120万块,行程共计153万公里。

在进行发射塔施工时,支撑活动塔的车梁是一对笨重的庞然大物。它长29米，宽2.7米，高3.3米，重120吨。

要把这两个大家伙从车上卸到月台上，再运到400米外的安装位置，然后再翻一个身，需要150吨以上的吊车和200吨以上的拖车。

但租用别人的拖车和吊车，需要40万元的租金。基地拿不出这笔钱，他们只好土法上马。

他们先用1500根圆枕木垫在地上，再用人拉、手推、钎撬，所有官兵的肩上和手上都磨出了血泡和茧子。

就这样，他们硬是一寸一寸地将这两个庞然大物挪到了安装位置。

发射活动塔共有789根主杆件，需要拧上2万多套螺栓。要把这些杆件对接起来，必须有人爬进口径只有35厘米的口子里，由里往外串螺栓。

这个任务落在了又瘦又小的小战士甘国林身上。他每天爬进离地面74米高的"黑洞"里作业。

就这样，他一个人拧完了两万多个螺栓。为此，他还被碰掉了3颗门牙。

40岁刚出头的大队长彭松林，身患颈骨风湿病，在抢建发射场的几百个日日夜夜里，他和战士们风里雨里一起干。

工程结束后，他疲惫不堪地爬上了从成都开往北京的8次特快列车。当他刚一落座时，对面一位小女孩竟亲切地叫了他一声："爷爷好！"

浇筑导流槽时急需数以百吨的钢筋钢筋战士们用肩膀扛了这数以百吨的七天七夜。

当副队长冯在强见战士们一边抬着钢筋，一边打着瞌睡迈着"醉步"时，实在不忍心了，便下了命令说："原地休息5分钟。"

话音刚落，52名战士"呼啦"一声全倒在了一片潮湿的泥地上。一瞬间，他们就呼呼地进入了沉睡状态。

副队长一边看着手表，一边看着睡在地上的战士，眼泪忍不住唰唰往外流。

他很想让战士们多睡上一会，可一想到10天之内必须完成的任务。于是，5分钟刚一到，他一狠心，又使劲吹响了集合哨。

听到集合哨响，战士们一个激灵，"呼啦"一声全都爬了起来，一声不吭地又干上了。

王焕岐、侯永祥、赵锡清、任英、尹中田、杨国堂6个人，都是安装大队名副其实的老兵，清一色的"老八级"。

他们之中，最大的73岁，最小的55岁，都已退休在家。

在20世纪五六十年代，由于机械化设备少，施工条件差，他们干活全凭体力。因此，几乎每人都患有骨质增生、腰肌劳损等多种疾病。

但是，为了确保发射塔的安装质量和工程进度，领导希望他们能去现场督阵参谋。

当大队参谋长牛三申赶回洛阳，向他们说明来意后，本已安度晚年的6位老师傅什么条件也不讲，当即便从洛阳赶到西昌。

他们每天从8时干到13时，在工地啃上点面包或饼干，然后再接着干。

在抢建发射场的420天里，安装大队的937名官兵每天工作都在12个小时以上。会战结束后，他们每人体重平均下降了3公斤。

另外，在这期间，还有17人的亲人病故，等他们建好发射场回到家里祭奠时，亲人的坟上已长出了嫩绿的青草。

就这样，14个月后的1990年2月初，新建的发射场如期投入试运行，随后进入入场设备调试阶段。

对外协调确保发射顺利

就在国内突击研制火箭、抢建发射场的同时,我国的对外协调工作,也在紧张有序地进行着。

常言道:"商场如战场。"这句话对于竞争激烈的国际航天发射市场来说,无疑十分恰当。

随着各国航天技术的兴起与发展,国际卫星发射市场的竞争已日趋激烈。

早在我国与美国休斯公司签订发射合同之前,即"长2捆"火箭的研制计划刚向外媒透露的时候,就受到了来自国际上一些发射承包公司的排挤和打压。

例如号称美国"三大巨头"的马丁·玛丽埃塔公司、通用动力公司和麦道公司。"三大巨头"公司实力雄厚,其"大力神"火箭、"宇宙神"火箭和"德尔塔"火箭技术成熟,大有包揽天下的气势。

所以,他们对一心想打入国际发射市场的我国"长2捆"火箭,自然是深怀戒备。

另外,虽然当时苏联和日本都尚未跨入国际市场的大门,但各自都在暗中加紧准备,寻找时机。

这两个国家向国际卫星市场挺进的脚步声,已引起了西方的关注与不安。以至于"阿里安"公司的总裁海登不无感慨地说:

苏联进入国际卫星商业发射市场，只是个时间问题！

鉴于上述情况，对北美"三大巨头"来说，当时最具竞争力的，要算以法国为首的欧盟联合企业"阿里安"航天公司。

该公司为了想长期垄断国际发射市场，因而对任何一个国家的新型火箭的出现，都相当敏感。

就在我国与美国休斯公司频繁接触期间，该公司一方面通过美国国会议员和美国某些火箭商业公司，向美国政府提请否决美国卫星在中国发射的许可证；另一方面，他们又不惜采取低发射价格，即将最初约 5000 万美元的报价降至 3400 万美元等各种办法，拉拢澳大利亚卫星通信公司。

他们企图说服"澳星"公司改变初衷，从而达到选用"阿里安"火箭进行发射的目的。

据称，当该公司被澳大利亚卫星通信公司婉言拒绝后，他们还讲过这样一段意味深长的话：

到时候，如果中国造不出火箭，或造出火箭后发射失败，你要再找我们合作，我们的报价可就要比现在高三倍咯！

与此同时，西方的某些媒体也对中国承包发射外星一事，大肆指责中国违反了中美政府关于中国发射商业卫星的协议，并说中国火箭靠国家补贴搞"低价倾销""提供廉价的发射服务，使国际发射市场陷入混乱"等等。

其实，中国的火箭打入国际商业市场，只不过是为了寻求一条生存的道路而已。

例如1988年底到1990年1月间，在国际市场上13个招标的卫星发射服务中，美国中标3颗，"阿里安"中标9颗，而中国仅中标1颗。

这就意味着，卫星市场上的大部分"油水"都流进了西欧人的腰包。

用我国航天人自己的话说："我们不过是想出去找几个零花钱而已。"

为了疏通、理顺国际上有关的各种网络和关节，取得美国政府发放"澳星"的出口许可证，外交部、外贸部、中国人民保险公司，以及海关等对外联络部门，一直坚持对外周旋，四处调解。

为此，他们默默付出了大量的、艰苦的努力。

为了支持中国的"长2捆"火箭打入国际商业市场，中国人民保险公司按照国际惯例，在相同的保险条件下，对"澳星"发射采取了与国际市场相当的费率，承担了这份保险，使中国发射"澳星"有了可靠的经济后盾。

此外，为了保证美国卫星的技术安全，我国政府多次郑重声明：

中国无意通过发射外国卫星谋取其任何技术秘密。外国卫星及其辅助设备运抵中国直至发射过程中的技术安全，完全受到保障。

并且，外国卫星及其设备在出入中国国境时，还将受到海关免检的优惠待遇。

这就使外国的卫星在中国发射时，不再过多地担心自己的技术秘密被人窃取，从而在心理上有了安全感。

与此同时，中国的"长2捆"火箭与美国的卫星在技术上的协调工作，也在紧张地进行着。

1989年3月27日，"长2捆"总设计师王德臣带队前往美国洛杉矶，与休斯公司和澳大利亚卫星公司举行了关于"澳星"的第一次技术协调。

同年5月15日，澳大利亚卫星公司和美国休斯公司又来到北京，与中方进行了第二次技术协调。

此后，由于种种原因，美国政府下令：

暂时中止使用已向中国颁发的"澳星"出口许可证。

于是，中美间火箭与卫星的技术协调工作被迫中断。此后经中美公司多方共同努力，直到同年9月29日，美国政府才宣布解除"澳星"许可证暂停令，中美双方可以恢复技术协调，并允许中方前往美国进行火箭与卫星的对接试验。

同年 11 月和第二年 5 月，中美双方又分别在洛杉矶和北京进行了两次技术协调。

至此，"长 2 捆"火箭发射前的对外协调工作才算取得成效。

"长2捆"首次试射成功

1990年6月29日，我国第一枚"长2捆"大型运载火箭，矗立在西昌发射场97米高的发射塔上。

这一天，离合同规定的火箭试射时间，仅仅相差一天。

火箭上除搭载了一颗巴基斯坦的科学试验卫星外，还有一颗"模拟卫星"，即与"澳星"重量相等的铁疙瘩！

毫无疑问，这是一次至关重要的商业性模拟试验发射。因此，它不仅受到国内的关注，也受到世界的关注。

原因很简单：试验发射若是成功，"长2捆"火箭便可取得发射"澳星"的合格"通行证"；万一发射失败，我方不仅要赔款100万美元，而且中国的火箭通向世界的道路便可能因此中断。

因此，举国上下对这次发射给予了高度的关注：江泽民为此做了专门指示；李鹏、刘华清为此也有重要讲话；航天部参试的工作队也拿出了破釜沉舟的决心。

"长2捆"火箭转往发射场的前夕，卫星工厂旁100多吨重的电动大门突然打不开了。大门打不开，"澳星"的整流罩和其他设备便无法运出。

这时，被人称为"电总设计"的姜秋江当即爬上了

13 米高的铁门抢修电机。

电机修好了,可就在他准备下到地面时,由于劳累过度,他眼前一花,便从空中重重地摔了下来。

噩耗传来,西昌基地所有的人心里像堵了一块巨石。大家强忍住泪水,坚持继续手里的工作。

7月8日,火箭按时加注。第二天,火箭预备发射。由于正值酷暑,烈日炎炎,西昌基地像在蒸笼里一样。

中午时分,气温更高,而火箭体内温度又很低。高温高湿的环境使箭体内外形成了很大的温度差,从而引起火箭大量"出汗"。

这些"汗水"顺着箭体流入仪器舱,浸湿电缆,很容易导致短路。发射只好推迟到第二天。

第二天,天气照样炎热,火箭照样"出汗"不止。于是,基地指挥部领导一声令下,调来几百条毛巾,立即组织人员爬上塔架,每人手拿一条毛巾,为火箭一点一点地"擦汗"。

可箭体表层的"汗水"刚一擦净,箭体内又不断有新的"汗水"往外渗出。

现场有关专家采取了多种急救措施,仍然不能解决问题。为稳重起见,指挥部决定:

暂时中止发射!

这时的火箭,几百吨燃料已经加注进去了。

由于燃料加注后火箭未能按时发射，燃料在箱体内存放时间太长，因此，一个意想不到的问题出现了：由于燃料的腐蚀，火箭4个助推器上的传感器出现燃料渗漏！

燃料渗漏，危险极大！专家们当即决定：用胶带堵漏！

堵漏未能奏效。专家们又下令：改用扳手拧紧传感器！

但是，渗漏依然不止。指挥部果断决定：立即泄出四个助推器的燃料，更换新的传感器，堵死接管嘴！

于是，火箭总装厂副厂长乔守棣带着30名工人和技术员，立即进行排险！

国防科工委、航天部、基地和研究院几位领导亲临现场指挥。

7月13日上午，魏文举、陆阿宏两位老工人戴着防毒面具，抢先钻进火箭的尾舱，开始卸除传感器。

由于烟雾笼罩的舱内不足5平方米，他俩只能一人举着灯，一人排除故障。

可当第一个传感器卸下后，由于贮箱内残存的液体喷流出来，使整个舱内毒气弥漫，一片昏黑，两位老师傅只能凭经验摸索着干。

毒气很快包围了他们，陆阿宏的手当即烧伤。十几分钟后，魏文举又中毒晕倒。

守候在外的协作人员立即将两位师傅抢救出舱口。

由于魏文举严重中毒，当即被送到医院抢救。

紧接着，第二梯队又爬进舱里继续排险。很快，陈立忠师傅又被烧伤中毒，也送进了医院。

又有人接着爬进去，又有人接着中毒晕倒。陆阿宏老师傅见状，带着伤痛又再一次冒着生命危险爬进舱内。

当时，陆阿宏老师傅已是一位年近 60 岁的老工人。解放前他是个做豆腐的小童工。

从事航天工作几十年来，小到车间，大到全国，他总当劳动模范，得来的奖章、证书、奖状有一大堆。

他很想买一个精致的小皮箱把它们珍藏起来，可用他的话说就是："买不起这样一个小皮箱，只好将它们装在一个饼干盒里。"

这一次，陆阿宏先后七进七出有毒燃料箱，凭着娴熟的技术和拼命的精神，一共 8 个传感器，他一个人就换下了 7 个。

送进医院的陈立忠从病床上醒来后，见同事们一个接着一个地被送进了医院，再也躺不住了，拔下氧气管就冲出了医院。

然后，他拦住一辆大卡车，又匆匆返回了百里之外的发射场。

就这样，排险工作一直进行到当晚的 24 时，险情才终于得到控制。

可陆阿宏等 12 位工人师傅，都因中毒被送进了医院。其中有 4 人被发了病危通知。

魏文举师傅则由于中毒严重,抢救无效,于当晚19时停止了呼吸。医生说,魏师傅的肺被四氧化二氮烧烂了,完全失去了呼吸的功能。

噩耗传来,数千名参试者悲痛难抑。几位与魏文举一起工作了几十年的老哥们,抱头痛哭不止。

1990年7月16日9时40分,凝聚了我国航天人智慧、心血、汗水乃至生命的"长2捆"大型运载火箭,终于拖着橘红色的火龙,飞向太空!

美国"大力神"火箭副总设计师八条先生也应邀观看了这次发射。

在当晚庆贺的宴会上,八条先生拉着总设计王德臣的手,带着歉意说:"王先生,我上次讲的话,真对不起,你们在如此短的时间里便研制、发射了火箭,实在了不起!看来你们中国人是善于创造奇迹的。我从心里为你们而感到高兴!"

他说的"上次"是指:他听说我国航天人要在18个月内造出"长2捆"大型运载火箭时,不无揶揄地说:"中国人是不是吃了鸦片?"

"长2捆"大型火箭首次试飞成功,对中国走向世界,的确是相当关键的一步。

不过,与其说这是中国航天人的一大胜利,倒不如说这是对我国航天人恰如其分的一次安慰。

这次发射,将巴基斯坦搭载的一颗卫星准确地送入了预定轨道。

为此，巴基斯坦贝·布托总理专门发了贺电，巴基斯坦邮电部为此还发行了一枚纪念邮票。

美国《基督教箴言报》发表评论说：

"长2捆"可能使中国跻身于载人太空探索的先进国家行列。

法国《世界报》也评论说：

这是一枚令人生畏的火箭，通过7月16日的成功发射，加强了中国运载火箭在世界市场的竞争。中国对美国和欧洲竞争对手的嘲笑，肯定不是最后一次。

但遗憾的是，这次发射，由于装在"长2捆"火箭第二级的某个系统发生故障，故未能将模拟的"澳星"送入预定的椭圆轨道。

澳大利亚通信卫星公司和休斯公司对此十分关注，并表示出极大的忧虑。

中国火箭研究院很快对故障系统进行了认真仔细的分析，最后确定故障是由某电路中一根插座的连线错误导致。

为此，以总设计师王德臣为首的中方代表团又去洛杉矶进行了多次技术协调。

1991年9月19日,"澳星"公司与休斯公司联合组成了一个有18人参加的庞大代表团来到中国。

他们对中方"长2捆"火箭的总装质量及调装定向系统修改试验情况,进行了全面而严格的评审,评审结果是他们表示满意。

于是,中美澳三方决定:

1992年2至4月,"澳星"在中国西昌基地发射!

三、抢险排障

- 胡世祥当机立断,下达了三道口令:"第一,切断箭星电源;第二,按预案组织实施;第三,记录好现场状态!"

- 舱内的电源插头都是用绝缘胶带缠死了的,为了抢时间,他心一横,用牙齿将烧烤得滚烫的胶带一截一截地撕咬下来,然后再用手拔下电源插头。

- 当最后一根加注管路连接完毕后,战友们才将他匆匆送进了医院。经医生检查,他的呼吸道和肺部均严重烧伤,这位战士已奄奄一息。

第一次发射"澳星"失利

1992年3月22日晚,搭载着"澳星"的"长2捆"运载火箭矗立在了西昌发射场上。

中央电视台已准备好将向全国和全世界进行现场直播发射实况。

从发射技术准备情况来看,这次发射准备,比以往任何一次发射所付出的代价都要大,比任何一次发射更加辛苦。

发射前的几次联试和综合检查,都很顺利。当天各系统设备运行情况,也很正常。

发射现场秩序井然,整个发射场区附近的山山岭岭,大路小道,同往常任何一次发射一样,汇集了数千名参观的人。

所不同的是,这次参观的人数大大超过了前几次发射。

夜幕降临后,数千名参观者拭目以待。所有的眼睛都毫无倦意,他们在期待着目睹"长2捆"火箭那辉煌的一瞬。

几百名中外贵宾分别乘坐3架专机赶到西昌。他们一下飞机就赶紧吃饭,然后来到指挥大厅的观礼台上就座静候。

发射前两小时，在距离发射场百里之外的西昌"腾云楼"宾馆，庆贺"澳星"发射成功的晚宴也已经准备就绪。

五粮液及饮料都已摆在了桌上。按计划，两小时后中、美、澳三国代表将在这里进餐祝贺。

与此同时，远在北京南苑的中国运载火箭技术研究院，也早已将鞭炮、锣鼓、秧歌、标语、贺电等安排停当，只待发射架上的"长2捆"火箭凌空一跃。

国家领导人也在百忙之中抽空来到国防科工委指挥大厅观战。

一双双热切的眼睛都注视着指挥大厅屏幕上的西昌发射场。

发射前10分钟，中央电视台直播现场出现在电视屏幕上。在播音员身后的，正是大凉山峡谷中的发射现场。随后，画面依次切换到指挥控制大厅，各个观测站，印有美国、澳大利亚和中国三面国旗的"长2捆"火箭，以及火箭顶上的"澳赛特B"卫星上。

当扩音器里传出"一分钟准备"的口令时，无数双眼睛都同时瞪大，一起盯住了"长2捆"。

随着"点火"的口令响起，人们看到火箭底部蹿起一股棕黄色的浓烟，接着发动机轰然喷火，导流槽浓烟腾起，火箭开始抖动。

这时，所有人的心全都提了起来，急切盼望着那辉煌一瞬的出现。

然而，1秒钟过去了，5秒钟过去了，7秒钟过去了，火箭依然没有升起。人们看到的只是笼罩在火箭四周的滚滚浓烟。

坐镇"先锋指挥所"的副指挥长佟连捷，两眼正紧盯在显示屏幕上。当看到这种情况时，他的心猛地"咯噔"一下，心想：不好！出事了！

但他毕竟是久经沙场的老手了，作为基地总设计师，他比一般人显得更为沉着，更为冷静。于是他下令：

紧急停车！

就在这一瞬间，"先锋指挥所"里的人都明白：出事了！大家的眼睛全都盯在他的脸上。

于是，佟连捷当即命令01战位指挥员徐宏亮：

通知各系统指挥员马上到位！抢险队做好准备！

紧接着，佟连捷来不及征求任何人的意见，按照发生故障预案，果断作出决策。他命令抢险队：

赶到现场后，要立即切断火箭电源！将所有火工品插头进行断路！取出爆炸器和引爆器！合拢固定塔摆杆和平台！

火箭点火前，指挥长胡世祥在离发射场 6 公里之外的指挥控制大厅。火箭点火后硬是不起飞，这也是他事先没想到的，自然是吃惊不小。

但是一旦发现险情后，用他自己的话讲："可以肯定地说，当时并没有惊慌失措！"

胡世祥在发射场摸爬滚打了近 30 年，各种事儿经历多了！之前，火箭紧急关机这种情况，他自己就已经经历过一次。

他还记得，20 世纪 60 年代初，苏联发射场发生的那次大爆炸。那次事故，导致苏联陆军元帅在内的共 100 余位科学家和军人当场遇难。可以说，无论哪个国家的航天人都对这次事故讳莫如深。

因此，当情况突然发生时，胡世祥感到十分震惊，但如何首先保住卫星，保住发射场，保住人员的安全，在他脑子里是十分清楚的。

所以，火箭紧急关机后大约只有 10 秒钟，他便当机立断，下达了三道口令：

切断箭星电源！

按预案组织实施！

记录好现场状态！

说完，他将耳机重重地扣在了桌上，把椅子一推，铁青着脸说:"我去现场!"

科工委副主任沈荣骏当即对他说:"马上组织人员处理好现场,一定要确保卫星、火箭、塔架和人员的安全!"

测控系统部负责人沈椿年也急忙补充道:"不要慌,一定要沉住气,卫星是关键!"

"明白!"胡世祥拨开人群,带着计划处处长唐贤明,急匆匆一路小跑,出了指挥控制大厅,冲向停在路旁的应急车,打开车门就是一声吼:"开车!"

司机心里一惊,知道出事了,二话不说,发动车子,就向发射场疾驶而来。

发射现场进行紧急抢险

在火箭出现险情的时间里,最恐慌的应该是在发射场四周的数千名观看者。

事故发生后,大多数人还没反应过来到底是怎么回事,有人忽然惊叫了一声:"完啦!要爆炸了!快跑!"

于是,观看现场"呼啦"一声,卧倒的卧倒,躲闪的躲闪。一时间,呼天喊地、惊慌失措的人群,便四散跑开了。

据一位摄影记者后来回忆:在火箭点火 5 分钟前,他的镜头就瞄准了"长 2 捆"。火箭刚一点火,他就"咔嚓"拍了一张。

接着,他就将镜头不断升高,不断抢拍。可等到连拍 3 张之后,才猛然发现取景框里没有火箭的影子。

他放下相机一看,火箭还坐在发射架上呢!这时人群已开始奔逃,他也提着相机跟着跑,连三脚架也顾不上要了。

可跑着跑着,他发现另一伙人却逆着人流的方向一个劲地向发射场跑,他不由得一下就停了下来,想弄清这伙人是干什么的?

这伙逆着人流冲向发射场的人,便是西昌卫星中心发射站的官兵们。

他们有的是勤杂人员，有的是当晚没有任务的人员，有的属于在外围工作的人员，所以都在四周的山坡上观看发射。

当一见发射场出现险情后，他们像听到了集合的命令，全部从四面八方不约而同地逆着人流奔向发射场，没有一个往外跑的。

尽管当时基地总指挥已经下达命令：半小时内不许靠近发射场。可有的战士仍不顾警卫人员的阻拦，硬是拼着命往里冲。

发射现场险情重重，尽管火箭已经紧急关机，但从6个发动机上喷出的余火还在继续燃烧，从箭体中泄漏的燃料仍不断腾起滚滚烟雾。

显然，无论是"澳星"还是火箭，不管是发射设施还是参试人员，都随时面临着危险。

因为箭体内贮满了400多吨燃料，倘若抢险操作稍有不慎，或者火箭本身发生意外，则必将引起一场大爆炸。爆炸的威力相当于1万吨炸药的当量！真要是这样，发射场方圆两公里的范围内，都将化为一片火海。而毒气的扩散所引起的危害，则更是不堪设想。

发射场上6个发动机喷出的余火还在燃烧。2000多度的高温炙烤着发射台。

发射台是支撑火箭和卫星的最后依靠，一旦烧焦坍塌，火箭卫星定将"片瓦不存"。

但是，发射台上的消防系统由于水的压力不够，电动阀门打不开，致使自动消防失去了作用。

正在"先锋指挥所"待命的发射站地面设备营副营长丁贤俊当即请战，想带人冲上发射台，用手动的办法打开消防阀门。

但指挥员考虑到太危险，硬是给拦住了。随后，丁贤俊带着战士王宝剑、李文刚，连防护衣和防毒面具都顾不上穿戴，便率先冲出了地下室。

与此同时，运载火箭技术研究院院长沈辛荪、"长2捆"研制总指挥于龙淮，以及"长2捆"总设计师王德臣，在紧急关机后10分钟左右，就从指挥大厅匆匆赶到了发射场。

当指挥长胡世祥匆匆赶到发射场后，与佟连捷副总指挥和航天部几位领导一起，经过短暂的协商与布置，一场保卫"澳星"、保卫火箭、保卫发射场的抢险战斗立刻打响了。

担任抢险队队长的是丁贤俊。当丁贤俊等人来到发射架下时，由于发射台周围气浪太大，烟雾太重，使人无法接近。

于是，丁贤俊他们几个胳膊挽着胳膊，你靠着我，我推着你，硬是强行扑进气浪之中，打开了消防阀门。

余火还在燃烧，发射台周围的温度慢慢降下来了。

几十秒钟后，当胡世祥他们终于看清楚发射台时，眼前的险情把他们惊得目瞪口呆：

火箭点火后，朝顺时针方向已经转动了约1.5度，4

个用来固定火箭的防风螺栓，在巨大的推力下，有3个全都错了位！

也就是说，400多吨重的火箭，现在只有一个防风螺栓与之相连，而且这个螺栓也已经松动。

50米高、460吨重的火箭已移出原有位置2厘米多，火箭和卫星摇摇欲坠。

如果紧急关机再晚一秒，哪怕是半秒，那么，现在的发射场恐怕早就是一片火海了。

很显然，当务之急是尽快想法稳定住火箭。

但是，发射台周围严重缺氧，燃料还在渗漏、喷发、燃烧，6个发动机的火口上还有一股极强的吸力。

第一个靠近发射台的是王招华。他刚一靠近发射台，一股气浪迎面扑来，一下子将他冲倒在地。没有办法，他只好匍匐着从地上一寸一寸地爬上发射台。

经过2000度高温灼烤过的发射台，消防水溅在上面，瞬间蒸发。

王招华的双脚踩在上面，鞋底"哧哧"作响。而刚被烈火炙烤过的火箭底座的联结螺栓，更是烫得瘆人。

王招华也顾不得那么多了，直接扑了上去，忍着难熬的灼痛，硬是用双手将联结螺栓插入螺孔，然后再迅速用扳手将螺栓固定。

与此同时，抢险队的官兵们与航天部的专家们，又用钢丝绳将另外3个联结螺栓迅速固定。

紧接着，22名抢险队员在队长万超的带领下，急中有稳，将固定塔的工作平台，准确无误地合拢。

火箭总算被稳住了，发动机喷口的余火，火势也逐渐减弱。

但是，火箭上的电源插头还没拔掉，电爆管和引爆器等火工品也未取出。

倘若出现静电，或者外界偶然出现干扰信号，箭上的电源随时都有可能自动供电，使火箭再度进入启动程序，从而引发火箭再次点火起飞。

因此，拔掉箭上电源插头、取出箭上电爆管，是确保火箭卫星安全的下一个关键任务。

这些火工品都在火箭体内，要拔掉它们，操作人员只能从40厘米见方的舱口爬进去。

这种尺寸和高度的舱口，在平时火箭安全状态下，人要进去都极为不便，何况此刻舱内气浪滚滚，烟雾呛人，温度极高，又无照明。

若是昏黑中操作稍有不慎，什么事故都可能发生。所以，拔掉电源插头、取出电爆管，无异于虎口拔牙。

抢险队员们顾不得那么多了，他们冲了上去，来不及搭工作梯，就一个个踩着肩膀爬。

他们顾不上戴防毒面具，就用衣衫和手巾堵住口鼻呼吸。

没有照明灯，他们就在气浪涌动的黑暗中靠平时的经验摸索着干！

一个刚跨出大学校门的年轻人，当时正在山坡上观看发射，在险情发生后，他以最快的速度冲回了发射场。

现场领导看见他没有防毒面具，不让他参加抢险，他偷着溜进了抢险队，冒着浓烟，冒着危险，顶着高温，钻进了第一级火箭发动机的尾舱。

舱内的电源插头都是用绝缘胶带缠死了的，为了抢时间，他心一横，用牙齿将烧烤得滚烫的胶带一截一截地撕咬下来，然后再用手拔下电源插头。

为此，他的嘴和手烫起了一个个血泡，但他连哼一声的时间都没有，直到拔完最后一个插头。

另外一个小战士，在电梯不能启动的情况下，30多米高的工作平台，他几十秒钟就冲了上去。

他刚一打开第二级火箭尾舱的舱口，一股强大的气浪便将他掀翻在地。

他爬起来，让几个战友强行将他推进尾舱。尾舱里泄漏的燃料还在扩散，还在辐射，呛得他连气都喘不上来。

他强憋着一口气，硬是拔下了6个电源插头。当战友们将他拖出火箭尾舱时，他脸色惨白，一下昏倒在了平台地板上。

还有一个年轻的基层指挥员，当他爬进火箭的尾舱时，有毒的气体使他呼吸困难，四肢无力。

他双手抓住电爆管插头，想尽快将它拔下，可力不从心，就是拔不动。

他急得满头大汗，两眼喷火，干脆一边用手抓住插头,一边用嘴咬住插头线,然后叫人抓住他的双腿,连人带插头,硬是一起往外拖。

两个插头算是拔下了,可他刚一站起身,一口鲜血便从嘴里吐了出来。

他稍稍喘了一口气,又朝着卫星与火箭连接的高处爬去。

就这样,电源插头、电爆管等火工品终于卸完,火箭卫星的第二个威胁排除了。

此刻,400多吨燃料还在火箭肚子里,价值上亿美元的"澳星"还在火箭的头上!

因此,抢险队接下来需要解决的问题是:燃料怎么办?火箭怎么办?"澳星"怎么办?

此时此刻,远在西昌市"腾云楼"宾馆专为贵宾和中外高级专家们准备的宴席,早就凉透了。宴会现场见不到一个人。

在离发射场不远处的协作大楼里,航天部高层正在召开紧急会议。

国防科工委副主任沈荣骏在屋里来回踱着步子。发射突然受挫,他比一般人更深知其利害关系,因而内心自然更为沉痛。

航空航天部部长林宗棠和副部长刘纪原坐在床沿上,两个人都非常焦虑。

虽然箭体的故障尚待查明,但问题的大致范围已经明了:故障出在航空航天部研制的火箭上。身为该部的两位部长，心情可想而知。

卫星测控系统部部长李宝铭刚从发射场上赶回来。发射失败后，他最先赶到了发射现场。

当他刚同基地的几位指挥员商定了抢险方案后，很快又被沈荣骏一个电话召了回来。

他风尘仆仆地站在窗前，一脸花黑，浑身都还散发着浓烈的燃料气味。

会议开得很简短，中心议题是：如何确保"澳星"、火箭的安全。

在紧接着说到当晚的宴会是否还举行时，几位高层领导都有些作难。

宾馆的宴会早已经准备就绪，来自世界各地的几百名外宾全都在宾馆等候消息。宴会是继续举行？还是干脆宣布散伙？如果举行，情调自然不对，场面也会尴尬。如果不举行，岂不更为丢人？

沉默片刻之后，李宝铭部长发话说："我觉得，这宴会无论如何还得举行。"

沈荣骏想了想，终于表了态："对！没有别的选择了，今晚的宴会……今晚的宴会不管怎样，我们都得去。

"这次请了这么多的外宾，现在他们都在看着我们，我们应该拿出一个应有的姿态，才好对大家有个交代。"

林宗棠和刘纪原也点头同意。林宗棠说："是啊，大幕既然已经拉开，这台戏我们就得唱到底。"

沈荣骏赶紧整了整领带，催促说："既然这样，那就快走！"

李宝铭指了指自己花黑的脸说："不行，得等一等，好歹也把脸洗干净。"

沈荣骏说："对，先洗把脸，再换上一套西装！受挫可以，但我们的精神不能垮！

"待会儿在宴会上一定要把精神提起来。没什么了不起的，这个世界从来就没有常胜将军！"

片刻之后，沈荣骏和李宝铭驱车前往西昌"腾云楼"宾馆赴宴。

途中，两人开始商量：宴会如何安排，谁先讲话，谁后讲话，如何做好外宾的接待工作等等。

宴会原定是 9 时 30 分开始，等沈荣骏和李宝铭驱车赶到宾馆时，已近 10 时了。

人们开始礼节性地入座。

宴会开始，由部长李宝铭先致辞。他站起来，欠了欠身，环视了一眼几百名阴郁的贵宾和专家们，心里陡然冒起的是一股难言的酸楚。

本来，按原定的计划，此时此刻站在这里，应该是举杯致贺。可现在，他却只能强忍着热泪，作礼节性的发言。

李宝铭说：

女士们！先生们！大家不远万里从世界各地来到西昌观看"澳星"发射。同时，还不顾旅途疲劳，一到西昌便参观了我们的发射场。

但遗憾的是，我们的运载火箭一、三助推器发动机工作不正常，导致发动机紧急关机。

目前，现场正在做两件工作：一件是保护好"澳星"，保护好现场；另一件是组织专家尽快查找故障原因和制定新的措施。

由于今晚没有发射成功，我们深感对不起大家！

李宝铭讲到这里，突然感觉讲不下去了。随后，他调整了一下自己的情绪继续说：

所幸的是，就目前看来，"澳星"完好无损，火箭也没受到致命损伤，发射场和设备、人员均处于安全状态。

我们不会灰心，我们不会气馁！我们有信心有决心，在最短时间内找出故障的原因，继续组织再次发射！

到那时，我们一定还请大家来！

李宝铭讲完后，大家给予了掌声。
接着，美国驻华大使发言，他说：

我们见到了中国技术人员高超的技术及果

敢的决断,他们挽救了一场大的灾难,火箭及卫星仍然完好。我相信经他们小心查探后,"澳星"会再次升空。我感谢工作人员的合作!

随后,长城公司的总经理唐津安也讲了话。

之前,在"澳星"实况转播时,最后出现在电视屏幕上,用极其压抑的声音宣布"'澳星'发射失败"的就是唐津安。

从他那双闪着光的眼睛里,大家不难看出他内心的悲痛!

"澳星"是商业性发射,这种结局,后果已不言自明。何况,卫星、火箭的安全一时前途未卜。可想而知,他此刻手中端着的酒,该是何等苦涩。

唐津安讲话结束后,晚宴在极其压抑的气氛中开始。

部长李宝铭刚一落座,美国休斯公司首席科学家斯坦豪尔便来到他身旁,小声说道:"李先生,约翰逊和派克先生有急事相请。"

于是,李宝铭、唐津安和陈寿椿等中方高层,跟着斯坦豪尔匆匆离开了宴席。

这时,才有人发现,美国休斯公司和澳大利亚通信卫星公司的两位代表,均未到场赴宴。

吊装战士紧急抢救"澳星"

在西昌"腾云楼"宾馆，美国休斯公司副总裁约翰逊和澳大利亚通信卫星公司首席代表戈登·派克刚刚接到发射失利的消息，一时间，他们像在梦中一般，不敢相信眼前的事实。

他们已同中国专家打了好几年的交道，他们没有任何理由怀疑这次发射的可靠性，他们对这次发射太深信不疑了。

此时此刻，他们俩深深忧虑的都是同一问题：到底怎样才能确保那颗价值上亿美元的"澳星"的安全呢？

李宝铭部长在宴会上刚一结束讲话，就被休斯公司首席科学家斯坦豪尔匆匆请到了约翰逊和派克两位先生的房间里。

"长2捆"火箭总设计师王德臣等人，也随后赶到。

在约翰逊和派克的房间里，中、美、澳三方就下一步采用何种方案确保"澳星"的问题，展开了紧张的讨论。讨论的焦点是：到底是先泄燃料，还是先卸"澳星"？

中方意见是：最重要的是确保"澳星"的绝对安全。

虽然当时发射场方面大的问题已经解决，但不安全的因素仍然存在。由于燃料还在箭体内，有燃料"澳星"

就有危险。因此，希望休斯方面尽快从火箭上卸走"澳星"。

美方意见是：几百吨燃料还在箭上，如果当时就上塔去卸卫星，人员和卫星都极不安全，希望中方先泄出燃料后，他们再卸卫星。

这时，电话响了，是远在发射场的胡世祥打来的。胡世祥的声音在电话里急切而坦率：希望休斯方面尽快考虑先卸卫星！

但休斯方面仍有自己的考虑，卫星除美方工作人员外，中方人员绝对不许接触。

虽不说中方在拆卸卫星过程中会趁机窃取卫星技术，但这毕竟是个原则！

最后，美方的意见还是先泄燃料，后卸卫星。中方勉强同意。因卫星精密，夜晚拆卸容易失手，准备天亮后开始行动。

然而，第二天2时30分左右，发射场值班人员打电话报告：发射架上冒烟冒得厉害！

连眼皮还没合一下的火箭研究院院长沈辛荪、"长2捆"研制总指挥于龙淮和火箭总设计王德臣接到报告后，不忍心叫醒刚刚躺下的司机，他们顶着寒风，一路小跑来到几里外的发射场！

为防止发生意外，中方指挥部又在现场召开紧急会议，对情况再次做了分析后，决定连夜先卸卫星。

随后，他们给休斯公司主任海伦打去电话，要求美方尽快派人拆卸卫星!

海伦先生也没睡,他拿起电话,很是不解地说:"刚才不是说好了先泄燃料吗,怎么现在又要先卸卫星了?"

中方只得将情况如实相告:"火箭底部的防风固定螺栓现在只有一个在位,400多吨的火箭与卫星全靠这一个螺栓支撑。火箭的燃料重达400多吨,而卫星的重量近10吨。如果先泄燃料,就会形成头重脚轻。火箭一旦倾倒,卫星就会彻底完蛋!"

美方听后大惊,这才同意先卸卫星。但燃料还在箭上,先卸卫星必然存在危险,因此,美方还是有些犹豫不决。

中方干脆表示:"你们如果考虑有危险,拆卸卫星的工作由我们来干!我们可以保证,把卫星安全送回厂房!"

美方终于同意,并很快为中方提供了工具。

但他们有个条件:必须要在塔架上接通监视器,对中方拆卸卫星的全过程,他们要做全方位的监视。

中方爽快地答应了。这时,已是凌晨4时了。

3月23日5时,身着红色服装的吊装战士出现在发射架上。

他们顶着随时可能出现的危险,经过两个多小时的艰苦努力,终于将"澳星"稳稳当当地从火箭头上卸了下来,并平平安安地送回了厂房。

但是,火箭里的燃料还未泄出,发射场还在高危之中。本来要将几百吨燃料一滴不漏地"喂"到火箭的肚子里，就够危险艰难的了。现在，又要按照相反的工作程序，让几百吨燃料再从火箭的嘴里"吐"出来，其危险和艰难的程度可想而知。

由于"长2捆"火箭是两级组成，燃料分别装在两级火箭里。

为了降低火箭的重心，避免头重脚轻，就必须先泄第二级，然后才可以泄第一级。

而且，400多吨重的燃料又分别装在火箭的20个储存箱里。要泄，就需500根几米长的气管将管路连通，而每个管路上形状相似的阀门多达20余个。稍有不慎，就可能扳错阀门。

另外，管路与火箭的连接处很难保证不出现一点缝隙，渗出的燃料一旦与空气接触，一股股刺鼻的黄烟便会"哧"的一声爆燃。

若按正常程序给火箭加注燃料，对加注中队的官兵来讲，可谓轻车熟路。但现在一下要按照相反的程序泄出燃料，不但战士们没干过，就连已经执行过九次加注任务的指挥员，也是第一次遇到。

险情就是命令，没危险要上，有危险更要上！

在抢险队伍中，有个战士是一个病号，因常年接触火箭燃料，他的左胸肿大已达一年之久。

他本来已经住进了医院，本来完全可以不参加发射，但当他得知发射准确时间后，还是偷着跑出了医院，一回连队就参加了连续几天几夜的加注任务。

发射失败时,他捂着疼痛的胸脯,望着大山偷偷流了一回泪。当一声令下,燃料需要泄出时,他又像没病一样,立即加入了抢险的队伍。

另外,有一个技术相当熟练的加注战士,当他将几十根管路和气管连接器连接完毕后,却没有设备检测连接好的管路是否漏气。

于是,他俯下脸,用自己的鼻子靠近管路,一次一次地闻!当他的鼻子移到一个管路与火箭阀门的连接处时,就闻到了一股浓烈的臭鸡蛋味。

他当即作出判断:此处有泄漏!于是,他顶着毒气,迅速拧紧螺栓。

泄漏的燃料止住了,他却因中毒而倒在了发射台上。

战友们见状,很想过去扶他一把,但别的管路还未接好,谁也不能停下来。

当最后一根加注管路连接完毕后,战友们才将他匆匆送进了医院。

经医生检查,他的呼吸道和肺部均严重烧伤,这位战士已奄奄一息。

就这样,经20多个小时的紧张战斗,400多吨燃料全部安全泄出。

至此,整个发射场的抢险工程初步结束。

面对危险,西昌航天人的第一反应就是奋不顾身地冲向现场。当时,发射台已被2000度的烈火烘烤过,手脚一接触就被烫得发出"哧哧"的声音，但谁也没有后退。

有人做过试验，在一定浓度下，将米粒大小的物体从1米高处掉在地上，产生的冲击力就足以引起推进剂的爆燃。

然而，为了保住发射场，保住火箭和卫星，西昌航天人早把生死置之度外。

据世界航天资料记载，像"澳星"发射出现的这种事故，抢险成功的概率几乎为零。

国外航天界同行由衷地赞叹：

  这是中国航天最成功的失利！

失败是成功之母。我们国家在世界航天史上是失败次数最少的，没有遗憾的中国人迎来了更大的挑战。

火箭残体被运回北京

在航天部试验队的宿舍里，十几位专家躲在一间小屋里，门从里面关得死死的。所有的人无心吃饭，无心抽烟，更无心喝酒，甚至连食堂的门也懒得进。

大多数屋子里的灯光都灭了，一切语言都显得是那样的多余，只有黑夜和这一切才显得协调。

有人说，在"澳星"发射失败的那个晚上，王德臣像瘦了一圈。这话并不夸张。

可以想象，作为一个火箭的总设计师，当数亿国人及无数海外友人坐在电视机前，一心一意等着你设计的火箭升空，而你的火箭却偏偏趴在那里一动不动时，你心里会是什么滋味？

虽说责任不完全在总设计师一人，但无论哪个系统出了问题，不管直接责任该由谁负，这枚火箭的总设计师无论如何也是"在劫难逃"了。

那天晚上，他坐在指挥大厅。当他从大屏幕上看见火箭点火失败后，便很快带着秘书，驱车赶到了发射场。

他的秘书后来回忆说：

因晚上山里天气冷，王总身上只穿着单衣，我特意塞给他一件毛衣，可后来发现，毛衣被他扔在了车上，他竟忘了穿上！

王德臣到发射场查看了现场后，很快便组织人研究如何走反程序，即如何按相反的程序来处理现场。

因为，过去从未出现过这么大的发射失败的情况，所以没有预案。直到很晚，他才回到宿舍。

他一夜没有合眼。第二天，人们发现，壮壮实实的王德臣不仅瘦了一圈，而且那本已斑白的头发，似乎又多了一片白发。

"澳星"发射失败的第四天，一列从西昌开往北京的专列火车，停在距发射场30余里的车场。

在西昌参加发射任务的部分航天部研制人员，怀着沉重压抑的心情，守护着伤痕累累的"长2捆"火箭，一起返回北京。

国防科工委和西昌卫星基地有关专家与领导，以及发射技术人员，专程前来车站送行。

这是一次少见的带有几分凄凉与悲壮的送行。天气阴沉，小站清冷。平时熙熙攘攘的火车站静得几乎听不见任何声响。

大家相互紧紧拉着手，默默给对方打气。谁都知道，这时候，一切语言都是多余的。

本来，发射站的人员还特意准备了鞭炮，想在这送行之际，为航天部的专家们放上几串，让他们高兴高兴。可临了，见谁也高兴不起来了，他们只好又将鞭炮悄悄收了起来。

汽笛一声长鸣，专列即将起程，航天部的专家们陆续登车。"长2捆"火箭研制总指挥于龙淮再次返身回来，含着眼泪与送行的人们一一握手。

于龙淮已是61岁的老人了。"澳星"失败后，他一连几天几乎没有合过眼。作为研制这枚火箭的总指挥，从组织、协调、指挥、生产，到火箭出厂、安全运到发射场，他不知耗去了多少心血。

两个月前，当"长2捆"火箭从北京搭乘专列来到漫水湾车站时，迎接的场面是那样的喜庆热烈，"长2捆"是那样的威风凛凛！

可现在，"长2捆"伤痕累累，如同一个战士，枪炮刚一打响，便倒在了"血泊"中。而他恰似一个打了败仗的指挥员，现在不得不带着受伤的队伍离开前线了。

人们望着明显衰老的于龙淮，想说什么，可又什么也说不出口。

列车徐徐启动。车厢里的气氛仍然很沉闷，大家沉默地望着窗外。列车穿过几个山洞，越过几座大山，大家的心才稍稍的平静下来。

然而，由于于龙淮在发射场连续苦战了100多天，加上"澳星"失败后受到沉重打击，这位刚强的汉子倒下了，专列刚到成都，他便高烧39度，卧在铺上不能动弹。

3月30日21时，经过五天五夜的折腾，专列悄悄地驶进了北京车站。

国防科工委副主任沈荣骏，航天部部长林宗棠和副部长刘纪原、王礼恒等前来车站迎接。

夜色中，沈荣骏、林宗棠、刘纪原和王礼恒已在站台等候好长时间了。北京三月的夜晚，寒气依然袭人。当专列徐徐驶进站台时，他们心里涌起的是一股难言的滋味。

专列停稳后，车门打开时，人们看到的是一个令人心酸的场面：一级火箭伤痕累累地躺在那里；病重的总指挥于龙淮躺在担架上，被几位同事从车上抬下，然后一步一挨地走出站台。

查明发射故障的真相

坐落在北京南苑的中国运载火箭技术研究院，便是诞生"长2捆"大型运载火箭的摇篮。

"澳星"发射失败后，拥有近3万人的研究院一夜间仿佛坠入了一个无底洞。

专家们流泪了，工人们流泪了，家属们流泪了，连几岁的孩子也跟着流泪了。刚刚热闹了一阵子的大院，又陷入了比往日更加沉闷的寂静之中。

在最初的几天时间里，没有了歌声，没有了笑语；收音机不开了，录音机不响了；偶尔有人打开电视，音量也开得很小很小。

甚至连每天上班时，往日人流如潮、笑语欢歌的大院门口，除了沉重而缓慢的脚步声和自行车轱辘的转动声外，也几乎听不到一句说话的声音。

在中国运载火箭技术研究院失效分析中心，箭上点火控制电路中的程序配电器送到后，大家不顾旅途劳累，立即进入试验室。

大家连夜对程序配电器进行精确的性能测试，并在激光电镜下进行外观检查、解剖和录像。

总设计王德臣默默查看火箭出现故障部件后，连续几夜都失眠了。

此后，他不顾自己感冒发低烧，在衣袋里装上大把药丸，动手设计出一个独特的简易电路，为搞好故障分析试验攻克了一个难以解决的技术问题。

经过17个昼夜的紧张工作和上百次故障复现模拟试验，4月14日，由航天专家屠守锷、梁守槃、梁思礼、陈芳允、王永志、谢光选等人组成的故障分析专家审查委员会，通过了故障分析报告。

"澳星"发射故障终于真相大白：

> 在箭上程序配电器第四、第五触点之间，有一个比米粒还要小得多的铝质多余物！当第四触点闭合时，活动的铝质多余物正好在该触点处，几次连锁反应后，致使第一、第三助推器发动机副系统关机。

导致发射失败的"祸首"竟然是一根像头发丝粗细的铝质多余物！就是这个概率极小的偶发性事故，导致了"澳星"发射的失利！

多么惨痛的教训啊！这在广大航天工作者中引起了强烈震动。

为了这次发射，参加火箭设计、研究、生产、试验和发射的航天人几乎倾注了全部心血，苦自不必说。然而，科学是无情的，一枚火箭由几十万个零部件组成，其中任何一个细小的环节出现失误都会导致整个发射的失败。

　　这次事故之所以没有造成灾难，是由于火箭本身自动紧急关机系统的作用：点火后7秒钟，所有发动机全部自动关机。

　　这是不幸中的万幸！

　　失利没有压垮中国的航天人，他们深深地知道，我们不能再输了，否则就要被别人挤出世界卫星商业发射市场。

中美澳三方继续合作

"澳星"发射失败,使中、美、澳三方原协定好的3月份发射第一颗"澳星"、8月份发射第二颗"澳星"的计划被打乱了。

下一步,"澳星"到底还让不让中国发射?如果让中国发射又何时进行?这些问题都必须要经中、美、澳三方重新商定。

发射失败之后,我国航天人得到了美方和澳方的理解与支持。

发射失败后抢险的当晚,澳大利亚通信卫星公司的代表戈登·派克在接受美联社记者的电话采访时说:

今晚发生的这种事情并不少见。人人都非常失望,但你可以听到几乎人人都在说:"我们将再来一次!"

失败的第二天,美国休斯公司负责人约翰逊·帕金森和首席科学家斯坦豪尔也表示说:

火箭发射出现故障是任何国家都难免的。中国人在这种情况下表现了自己的技术实力,保证了卫星的安全，这是不幸中的大幸。愿意同中国继续合作。

而且，澳大利亚通信卫星公司和休斯卫星公司在失败后的第三天，就在悉尼发表了由澳大利亚卫星公司和休斯公司共同签署的联合声明。

该声明指出：

尽管中国的"长2捆"火箭22日晚发射"澳星"没有成功，但两家公司完全相信这一问题会得到解决，下一次发射将会得到尽快安排。

我们无意改用其他国家的火箭来发射这两颗"澳星"。

发射失败的第四天，美国休斯公司总裁道夫曼便从洛杉矶向中国航天部副部长刘纪原发来一封电传。

发射受挫后，共近2000封感人至深的电报、信件，从全国各地雪片般地飞向西昌卫星发射中心。

中国海军大连舰艇学院十一队的98名官兵来电说：

百折不挠的努力，可以征服世界上一切困难。别气馁，我们期待你们再次腾飞。

我国发射澳星受挫，没有影响国际市场对中国发射能力的信赖。

美国休斯公司、澳大利亚卫星通信公司和为发射投保的保险公司认为，这次发射不是失败，而是紧急关机，发射中止。因为，火箭没有离开发射平台，澳星没有受到任何损害。

澳大利亚澳普图斯通讯集团主席史蒂夫·多尔夫曼当即表示：

委托中国发射卫星的计划不变。

火速组织再造"长 2 捆"

中国必须再造一枚新的"长 2 捆"火箭！而且，这次的时间不再是 18 个月，而是只有 100 天！

由于"长 2 捆"火箭已经实施点火，第一级火箭已经烧得遍体鳞伤，下次如果发射，现有的这枚火箭是肯定不能再启用了。

5 月 4 日，中方科技人员飞赴美国的洛杉矶，向休斯公司同行通报故障分析结果，美方表示满意。

但他们希望将第二次发射的时间，提前到 8 月中旬。中方专家一听，心里暗暗吸了一口凉气。

这就是说，从 3 月 22 日失败这天起，到 6 月 30 日这天止，100 天之内，无任何条件可讲，无任何价钱可谈，必须重新造出一枚"长 2 捆"火箭，保证 6 月 30 日火箭准时出厂！

中方专家略做思考，咬咬牙答应了。

消息传到研究院，全院 2.7 万名专家和职工发愤图强，急如星火，当即拉开了再造"长 2 捆"火箭的大会战。

院长沈辛荪深感肩上担子的分量。在赶制火箭的紧张日子里，他深入试验现场、研究室、生产车间，现场办公解决问题，没有休息过一个节假日。一个多月下来，他消瘦了一圈。

火箭总指挥于龙淮因劳累过度血压升高,从西昌返回北京时就被送进了医院。

这位早已超过退休年龄的老专家,心里一刻也丢不下火箭,不停地打电话了解研制进度,请人来医院商量解决生产工艺中的难题,把病房变成了临时指挥部。

两天后,他索性悄悄地从医院溜回研究院,加入了再造火箭突击队的行列。

火箭配件生产车间的石尚义是一名普通的青年工人,他参加过第一枚"长征-2"号捆绑火箭的赶制生产,并为此几次推迟婚期。

他这次承担起加工生产电阻盒的紧急任务,顾不上去探望住院的女友,带领钳工组的同伴们昼夜奋战,有时一口气连续工作30多个小时。

当他提前一天完成任务,急匆匆赶到医院时,女友已经溘然长逝。

火箭研制生产大会战中,许多单位摸索创造出流水作业"一条龙"的科学方法,大胆打破工序、工种间的生产界限。

铣工帮助钳工镗孔,钳工主动帮助下道工序画线,设计人员帮助生产人员,形成热气腾腾的大协作的生产场面。

大家自觉把产品质量放到首位,从自己做起把好质量关。据统计,有关科技人员、工人累计加班10万多小时，许多关键岗位的同志已连续加班一个多月。值得一提的是，他们并没有一分钱的加班费或其他形式的补助，完全是靠自觉行动。

结果，100天之后，一枚新的"长2捆"火箭准时出厂。

1992年7月4日21时40分，载有"长2捆"火箭的专列经长途奔波，安全抵达西昌发射场。

与此同时，澳大利亚、美国和中国的各路航天专家，亦先后纷纷到达西昌。

中、美、澳三方风险合作，再次拉开序幕。

四、发射成功

- 丁关根精辟地概括道:"上次直播这次不播,道理不多;对国外直播国内不播,群众意见多;发射不成功,就是不直播,责备照样多。"

- 中央电视台播出一条新闻:"我国定于8月14日7时整,在西昌卫星发射中心再次发射'澳星'!届时中央电视台将向全国进行现场实况直播。"

- 中方指挥长胡世祥正式宣布:"第二颗'澳星'发射成功!卫星各项初始轨道根数符合要求!"

精心准备第二次发射

"长2捆"运载火箭自1992年7月4日抵达西昌发射场后,中外专家们分手100天,现在又见面了。他们之间无声的默契,便是彼此最好的问候!

经过紧张的水平测试,7月27日转往发射阵地,"长2捆"再次矗立于发射架上。

经过16天的垂直测试检查,终于完成了火箭与"澳星"对接等发射前的一切准备工作。

与此同时,经检测,测量控制系统、通信系统、加注系统、消防系统、勤务保障系统等,均处于良好状态;各种测试文件、故障预案也准备就绪。

据说,自第一次发射失利后,我国不少的航天人都爱做梦。而且奇怪的是,只要一做梦,大多是关于发射"澳星"的梦:不是梦见火箭飞不起来,就是梦见了火箭从空中栽在地上。可见,失败的阴影始终笼罩在大家的心中。

新的"长2捆"火箭到达发射场后,如果用一句话来概括发射场上中外航天人的心态,那就是:担心再次失败。

"澳星"首次发射失败后,西昌卫星发射中心同样处于高度紧张之中。受伤的"长2捆"刚从发射场拉走,国内"风云-2"号卫星的合练又接着开始。

为了确保"澳星"这次发射的成功，全基地从上到下进行了整整三天的反思总结。

每个系统，每个岗位，每个人员，各自都做了一次深刻的检查，找出各自主观或客观存在的问题，制定了补救的措施。

他们还开展了"假如问题出在我手里，结果怎么样"的大讨论，上到司令员，下至小战士，甚至包括炊事员也都要参加。

接着，发射指挥部对全基地的工程技术人员进行了一次严格的技术考核和纪律整顿。

与此同时，指挥部还派出几个技术小组，到北京火箭研究院，跟踪"长2捆"故障分析的全过程。

然后进行的，就是靶场的全面恢复，设备的翻新改造和精心维护。

当这些大量繁重的工作尚未完全结束时，新的"长2捆"火箭又来到了发射场。

紧接着就是检查，就是测试，就是一次又一次的系统与系统之间、中方与美方的各种合练，就是没完没了的加班加点。

发射卫星，从火箭运到发射场，再把火箭发射上天，一般需要近2个月的准备周期。这其中的原因是，我国的火箭还不具备直接在发射场组装的条件，而是火箭先在北京组装好后，再从北京用专列拉到西昌发射场。

加之，当时基地没有全自动化的测试手段，许多问题就只有靠反复细心的测试、靠人的脑力和体力来解决。

这次发射又遇上了夏天和雨季。西昌本来就是全国的强雷暴区之一，赶上雨季，雷暴就愈加狂野。基地要是下起雨来，潮气特别大。

为了满足美方厂方的温度要求，中方只有昼夜加班防潮、防湿、防雷暴。

例如，为了防止发射场的设施被雷电摧毁，所有防雷措施都需落实，包括每个房顶都要测量，整个山沟里的每一根接地线都要一一检查等。为了防止雨水淋湿火箭，连发射塔都用钢板焊上。

最令胡世祥头痛的，还是设备的可靠性。西昌卫星发射场已有20多年的历史，多数设备都是70年代设置的，已经开始老化。有专家说，若按现代化靶场的要求，大多数设备都该更换了。

但更换设备需要钱，国家又拿不出这笔钱。于是靶场设备就只好新三年，旧三年，缝缝补补又三年！

每次发射前，基地技术人员都要对各系统设备进行检查维修；每次发射后，又要对设备进行改造保养。

就这样年年维修，年年改造，尽管钱是省了，人却累得够呛。但不管如何修来改去，设备本身先天不足，仍不能从根本上解决问题。

因此，每次发射时，每个人担心的，就是不知什么时候会突然冒出一个故障。尤其是发射外国卫星，外方要求中方的设备必须要连续工作。

胡世祥举例说，有的机电设备正处于工作状态，某个开关突然就给你掉了下来。开关一掉电就停，电一停美国人就叫。没办法，只好用绳子把这个开关捆上。

还有的设备经常性地出故障，为了保证它的工作连续性，就只好派人 24 小时值班，用眼睛盯着，一看哪儿出毛病，立即想法补救。

在"澳星"发射的前三天，胡世祥在记者招待会上刚一露面，就满面愁容地诉苦：

> 这次发射，要求更高，压力更大，大到了相当可怕的程度！大到了几乎使人精神崩溃的地步！

李鹏拍板进行现场直播

8月7日晚,国务院总理李鹏给统战部部长丁关根打电话,请丁关根主持一个会议,就"澳星"的直播问题听听大家的意见。

11日下午,中宣部、广电部、航天工业部、国防科工委主要领导走进中南海国务院办公厅。

丁关根直截了当地点明了这次讨论的议题:以何种方式进行现场直播。

当时两种意见都很明确:一种是对国外直播,国内在发射成功后放录像,主要考虑发射风险大,国内群众包括航天人心理难以承受再一次打击;一种是国内外一起直播,高科技就是高风险,国民需要增强风险意识。

商用卫星发射,按国际惯例都要在电视上实况直播。美国等一些国家还在发射时出售参观门票。

既然外国人能把成功与失败作为一种现实接受,中国人在开放的进程中,也必然要能够承受风险,经受挫折。

最后,大家意见趋向一致。

丁关根精辟地概括道:

上次直播这次不播,道理不多;对国外直

播国内不播，群众意见多；发射不成功，就是不直播，责备照样多。

当天，李鹏拍板：

"澳星"发射，现场直播。

12日19时整，中央电视台在"新闻联播"节目播出一条新闻：

> 我国定于8月14日7时整，在西昌卫星发射中心再次发射"澳星"！届时中央电视台将向全国进行现场实况直播。

坐在电视机前的观众很振奋。而西昌发射场上的航天人，自然更是兴奋不已，但在这激动之中，又夹杂着许多担忧与紧张。

当第二次"澳星"发射成功的时候，本来，按中央电视台现场直播脚本规定，美方和澳方代表讲话时，他们的讲话内容不用翻译讲，而是由中央电视台播音员张宏民同期播讲事先译好的中文稿。

这样，一是为了表达准确，二是为了控制时间。

但没预料到的是，当美国休斯公司副总裁江深和澳大利亚卫星公司代表戈登·派克讲话时，由于他们太兴奋、太激动,以至于讲起话来手舞足蹈,毫无节制,完全离开了原来拟好的讲话稿。

结果,播音员张宏民只讲了一句,便失去了播讲的机会,完全被"晾"在了一边。

甚至美方代表江深讲到后来,由于激动而竟忘乎所以,竟一下扔掉手中的讲话稿,使劲挥舞着双臂,用不久前刚学会的中国话向着指挥大厅高声喊道:"伙计们,太棒了!太棒了!"引得全场一片笑声和掌声。

现场直播的编导们一看,只好由他去吧。结果,电视直播计划彻底被打乱了,直播时间比原定的36分钟整整延长了11分钟。

第二次发射取得成功

8月11日,发射基地指挥部召开最后一次会议,以确定"澳星"的正式发射日期。

会议开得谨慎而又透彻。一个人发言,其余人的脑子都跟着在转:还有什么问题?还有哪个方面没有想到?还有哪种意外可能出现?还有哪个部件质量是否可靠?

各系统负责人先汇报本系统情况,然后相互提问、考评、辩论。大家的焦点始终围绕着"长2捆"火箭本身。

王德臣总设计在讨论中没说一句话。他坐在自己的位置上,两眼一直平视前方,无论谁发言,他的身体和目光都不做半点移动,只是在认真地听、认真地想。

最后,大家一致认为:"长2捆"可以发射。但哪天发射最好,这需由气象条件决定。

一言未发的王德臣讲话了,他说:"13号早上,能不能报出14号早上准确的天气情况?"

吴传竹说:"能有80%的把握。"

会议出现了沉默。短暂沉默后,大家都说出了自己的担忧。

大家讨论到这里,胡世祥当即站了起来,说:"现在,请吴传竹副总设计把'天气老爷'的情况说一说吧。"

于是，吴传竹就把"天气老爷"的预测情况说了说。他总的结论是：

这次天气情况从目前看来，问题不是很大，14日和15日均可发射。

问题很清楚，8月的西昌，已进入了雷雨季节，虽然据当时气象预测说14日和15日均满足发射条件。但到底是选择14日发射好还是选择15日发射好？如果14日发射，到时会不会出现风、雨、雷、电等极端情况？

之前，当这两天的气象预报刚一报出时，发射场上便有了这样一种说法：选在15日发射比14日发射好。其理由是，14日是"失事"的谐音，若选在这天发射，按中国的风俗，很不吉利。

另外，上次"澳星"发射是3月22日，是个偶数。这次选个奇数，是不是更吉利些？

但卫星发射毕竟是科学。选择哪个发射窗口发射，必须满足发射窗口的两个条件：

一是卫星表面的太阳能电池及卫星的太阳帆板，必须与太阳光成90度。这样太阳可为卫星提供充足的能源。

二是发射时不能有雷电风雨。

尽管 14 日和 15 日都可满足上述两个条件，但如果选在 15 日发射，万一 15 日出现意外情况，比如火箭本身发生故障或者气象突然变化，那就无路可退了。

最后，会议还是决定：

14 日晨正式发射！

12 日下午，发射场区小宾馆二楼会议室，中、美、澳三方在此举行正式的发射签字仪式。

这是商业发射中的一条规矩。卫星的主人和研制者是否认为自己的卫星可以发射，并同意某月某日发射，均须亲笔签字，留下法律依据。

签字前，双方照例先提问。而提问主要是美方，不用说，内容是关于火箭的可靠性和气象预报方面的问题。

王德臣和胡世祥分别解答了美方提出的各种问题。美方表示满意。

最后，胡世祥认真地问了一句："各位先生，你们再想想，看还有什么问题？我们将非常愿意耐心解答。"

美方十几位代表互相对视了一眼，一起用生硬的中国话说："没了！"

这个有趣的场面，一下子让严肃、低调的会场有了笑声。

胡世祥突然想起一个问题，他对美方人员说："请问你们为什么要把发射定在早上呢？"

美方一时语塞，面面相觑。斯坦豪尔连忙说："对不起，请允许我们离席几分钟。"

说完，便和几位美国专家走到阳台，悄声商量起来。

片刻，美国专家重新回到座位上。斯坦豪尔说："请原谅。本来我们也想利用下午的窗口，但早上的窗口更好一些。具体理由我们不便说出，总之，用早上这个窗口发射，更有利于卫星在天上工作。"

于是，胡世祥拍板说："好吧，就这么定了！"

几方代表这才开始签字。字一签完，三方人员相互祝贺，相互拥抱，合影留念。小小的会场，顿时活跃起来。

意想不到的事情，偏偏在这时发生了！

大约 21 时左右，一位试验队员在检查工作时突然发现："长 2 捆"火箭第二级贮箱内传感器上少了一个浮子。

这个浮子虽然很小，却很重要。找不出这个浮子，就无法给火箭加注燃料剂！

但怎样才能找出这个浮子？如果有一个高级的、精密的仪器，只需往传感器上一靠，便可知道这个浮子到底在不在里面，到底在里面的什么位置。

可是，中国还没有这种仪器，西昌更没有这种仪器。

这时，总体室主任刘竹生说，浮子有磁性，若能找来一个指北针测试一下，便可知道浮子是否在里面。

于是，胡世祥下令从几十里之外火速找来一个指北针。技术人员一测，断定浮子是在传感器里面。

但科学需要严谨，需要准确。虽然断定浮子在里面，可到底在里面的什么位置？是掉在了传感器的底层？还是被卡在了传感器的中间？

如果仅仅是掉在了下面，那燃料一加注进去，浮子便可漂浮上来；假若不是掉在了下面，而是被什么东西卡在了中间，那加注之后，浮子照样不可能漂浮上来。

浮子是加注中一个带有标志性质的重要元件，一旦浮子不能漂浮起来，发射照样无法进行。

紧接着，专家又进行了几次反复的论证，认为浮子有99%的可能是掉在了传感器的下面，1%的可能是被卡住了。

但这只是理论上的分析和推导，没有证据，也无法拿出证据。万一恰恰是那1%被卡住了呢？专家们又一次陷入沉默。

总设计王德臣沉思片刻后，说："现在无非是两个方案：一个是推迟发射。先卸下传感器，拿回北京，再重新换一个传感器。这大概得需要一个月左右。另一个就是按原计划发射，明天早上提早加注一点燃料，估计一加注，浮子就能漂浮起来。当然，这就冒风险！"

怎么办？两个方案，必择其一。到底是放开胆子冒一点风险？还是宁慢求稳？专家们又是一阵翻来覆去的讨论。

最后，专家们还是大胆决定：

　　　　明天早晨提前加注，按原计划发射！

　　当专家们拖着疲惫不堪的身子走下近百米高的发射塔时，已是午夜零时了。那个小小的浮子，却依然还漂浮在每一位专家的心上。

　　这一夜的发射场很静，但专家们没一个人合上眼。

　　13日清晨，加注按临时计划进行。中方所有专家都提前围在了传感器的旁边，等着那个"奇迹"发生。

　　终于，那个小小的浮子还是漂起来了！专家们没有欢呼，只有长长地吐出一口闷气。

　　有几位专家转过身去，悄悄地抹了抹眼泪。

　　这时，有人抬起头来，一声惊呼："哟，下雨了！"大家一看，真的下雨了。

　　13日，西方人眼里一个不吉祥的日子。雨下得突然，下得猛烈，并不时伴有隆隆的雷电。远山近水，牛羊人群，一会工夫，便全都湿透了。

　　整个发射场，顷刻间陷入迷蒙的烟雨之中。

　　发射场区的人，纷纷走出屋子，有的急着望天，有的忙着看地，有的伸手去接雨，全是一脸着急的神情。

　　这时的吴传竹却在雨中散步。说是散步，其实他是在观天。

　　望着哗哗的雨水，吴传竹心里涌起一种说不出的喜悦，忍不住连连自言自语："下吧，下得越大越好！"

今天下雨还好？是的！今天下雨是吴传竹和其他气象工作者预料之中的事情，用他的话说，今天要是不下雨才不好呢！

因为一下雨，就降温，一降温，对火箭燃料的加注就十分有利。另外，今天一下雨，憋在老天爷肚子里的那股子热气就释放了，明天就应该是个好天！

吴传竹已隐隐感到，这一次发射，老天似乎格外开恩。几乎是发射场需要一个好天，老天就出一个好天气。比如，火箭从技术阵地转向发射阵地时，希望这天有太阳，结果这天就出了太阳。卫星从厂房转向发射阵地时，希望这天不下一点雨，结果这天就没下一滴雨。火箭模拟发射这天，希望这天是个大晴天，结果真是晴空万里。

但第二天清晨，能天如人愿吗？

14日，发射场上的天，渐渐亮了。离发射还有一个多小时，发射场上各个系统的程序，都很正常。

无论美方的卫星还是中方的火箭，工作状态也均显示正常。而且，令人惊喜的是，不利的天气此刻也变得晴好起来：雨停了，风没了，云散了。

抬眼望去，远远的东山顶上也露出了淡淡的阳光！

发射场上，专家和技术员们兴奋不已，有的欢呼雀跃起来。尤其是搞气象预报的技术人员，更是喜上眉梢。

几位美国朋友也在那里望着天空打着响指，连连叫着："OK！OK！"

然而，就在这时，一个消息又突然传来：发射塔上又出事了！

美方有关人员和中方的胡世祥等人匆匆赶到现场。刚刚轻松下来的发射场，骤然又紧张起来。

事情很偶然：4个美国人在对"澳星"做最后检查的工作中，别在衣服上的一个小小的工作夹一下掉了下去。

这夹子到底掉在什么地方了？是在"澳星"上，还是在火箭里？

4位美国人趴在发射塔上，四处找来找去，找得心急火燎，汗流浃背，就是不见踪影！

这时，离点火发射还有80分钟！夹子找不出来，发射就不能进行。原本一帆风顺的发射程序，只好被迫暂时中断。

时间一秒一秒地过去了。几百名中外贵宾，已经就座于指挥大厅；全国数亿观众已经守在电视机前；西安测控中心和太平洋上"远望"号测量船已严阵以待；香港、台湾和美国洛杉矶休斯公司总部，以及世界各地也正静候佳音！

10分钟过去了，20分钟过去了，那小小的夹子还是没找到。

发射场上顿时躁动起来："完了，今天又干不成了！""这4个美国佬也肯定完了！夹子找不着，回去非炒鱿鱼不可！"

就在这时,发射塔上传来一个声音:"夹子找到了!"

话音刚落,4位美国人随同指挥长胡世祥从发射塔上走了下来。

人们看到,4位美国人那棕黄色的头发,全被汗水浸湿了!

发射程序再次启动,但发射时间已被耽误了整整半小时。

6时55分,指挥长发出口令:"各号注意!5分钟准备!"

指挥大厅,中外专家端坐于大厅的前排,专注地望着显示各系统状态的大型彩色屏幕,期待着这发射的最后一刻。

随后,指挥员何宇光下达口令:

1分钟准备!

偌大的指挥大厅,顿时沉静下来。

7时整,火箭准时点火。起飞推力高达600吨的"长2捆"火箭"轰隆"一阵巨响,呼啸而起。

1秒、2秒……10秒、20秒……火箭飞行正常!数百名在大厅里观看发射的外宾,激动得欢呼雀跃,使劲鼓掌。

中外专家们坐在那里,神色安定。他们都屏息注视着屏幕上火箭的一举一动。

火箭点火起飞后,火箭自身必须成功分离,火箭和卫星也必须要成功分离。最后,还要由西安卫星测控中心拿出数据,证明中国的火箭的确已将美国的卫星送到了预定的轨道,并保证了卫星正确。

这中间,哪怕出一点问题都绝对不行。而要完成这一系列工作,还需 20 余分钟。

几百秒后,指挥员何宇光洪亮的声音再次响起:

火箭起旋!星箭分离!

顿时,大厅又爆发出一阵更为激动的掌声。

很快,西安卫星测控中心送来了星箭分离时的卫星姿态数据和卫星的初始轨道的根数。

美方和澳方专家审阅之后,认为参数完全吻合。他们当即履行了签字手续。

于是,指挥长胡世祥正式宣布:

根据测量数据表明"长 2 捆"火箭已将"澳星"顺利送入预定轨道。中国的这次发射,完全成功!

发射指挥大厅,掌声雷动。所有的人,100 多天来的压抑,一扫而空。

接着,中、美、澳三方代表开始讲话。

这时的王德臣他们，谁都没有表示出特别的惊喜与激动。他们只是与外国专家们相互握手、拥抱、致谢，悲喜交集的泪水默默地含在眼里。

他们仿佛连鼓掌、欢呼的力气也早已耗尽了。

当日中午，"腾云楼"宾馆举行宴会。中、美、澳三方代表，高举杯盏，欢聚一堂。

沉寂了几个月的"腾云楼"宾馆，又开始变得活跃起来。

酒吧厅里，几个月来第一次响起了迪斯科舞曲。麦琪小姐、余一小姐等美国朋友们，放松地跳着，唱着。

他们跳得是那样疯狂，唱得是那样奔放！然后他们又相互抓住对方的手和后背，组成一条长龙似的队伍，沿着酒吧，随着音乐，孩子似的转来转去。

在会客厅前，当有记者举着话筒，请航天部副部长刘纪原谈谈感想时，刘纪原只轻轻说了一句："夹着尾巴做吧！"

举国欢庆"澳星"发射成功

8月14日清晨,党和国家领导人李鹏、刘华清、荣毅仁、宋健、迟浩田等应邀在中国卫星发射测控系统部北京指挥中心观看了发射实况。

发射成功后,李鹏打电话给西昌卫星发射中心,向全体工作人员表示热烈祝贺,并在北京指挥中心发表了简短讲话。

李鹏指出:

> 这次成功,说明我国卫星发射技术已经提高到一个新阶段,我国卫星发射已经进入国际市场,为祖国赢得了荣誉。

李铁映和秦基伟也向北京指挥中心打来了电话表示祝贺。

紧接着,中共中央、国务院、中央军委联名打电报给国防科工委,表示热烈祝贺和亲切的慰问。

正在外地考察工作的江泽民,看完"澳星"发射成功的电视直播后,立即给在发射现场的国防科工委主任丁衡高打电话表示祝贺。

江泽民向火箭的研制者和参加这次发射、测控、通信、勤务保障等各项工作的同志们表示慰问，并向在场的国外合作者致意。

正在外地的国家主席杨尚昆，写信给国防科工委表示热烈祝贺。

杨尚昆在信中写道：

"澳星"发射的圆满成功，是你们的光荣，也是中国人民的骄傲，海内外人士为你们的成就欢欣鼓舞。

对此，我谨表示热烈的祝贺，并向参加航天运载研制和发射测控工作的科学家、技术人员以及全体工作人员表示亲切的问候。

祝我国航天事业高歌猛进、造福人类。

8月15日，《人民日报》发表评论员文章，文章写道：

全国人民十分关注的"澳星"发射，经过中国航天人的奋力拼搏，终于在8月14日上午7时整在西昌卫星发射中心顺利升空。

这是中国航天技术走向世界的一次辉煌的跨越，我们向参加这次"澳星"发射的全体人员表示热烈的祝贺。

同时，祝贺中美澳三方成功的合作，尤其

是中美在航天科技领域成功的合作。

……

此前的8月12日，巴塞罗那奥运会结束，参加第二十五届奥运会的中国体育代表团连创佳绩。8月14日，我国"澳星"发射成功。一时间，"奥运热""澳星热"，热遍全国。

8月19日，经遥测，"澳星"上的设备在发射过程中未受任何损伤，升空6天一切按计划运行。

4天后，"澳星"进入离地面3.6万公里的预定最终轨道。

第二天，"澳星"按程序打开太阳能翼、天线及反射器系统，和地面控制中心建立联络。

8月21日下午，正当全国各地纷纷向奥运健儿祝贺之际，参加"澳星"发射的航天功臣们也从西昌发射基地返回北京。

在欢迎仪式上，林宗棠部长说：

同志们，你们辛苦了！"澳星"这次虽然发射成功了，但是，我们还要继续夹着尾巴做人。还要马上准备打好第二颗"澳星"，还要准备打好第三颗、第四颗、第十颗、第一百颗国内星和国外星。

紧接着，总指挥于龙淮发言说：

　　大家赶快回家吧，和家人好好团聚团聚。为了打好第二颗"澳星"，明天放假一天。后天一早，全体上班。

发射结果表明，"长2捆"运载火箭将"澳星"送入了轨道倾角为28度、近地点高度为202公里、远地点高度为1049公里的椭圆轨道；火箭控制系统为"澳星"建立了所需的入轨姿态，航天测控网及时向用户提供了卫星轨道根数等主要参数。

第二颗"澳星"发射升空

第一颗"澳星"发射成功,我国仅完成了合同的一半。只有成功地发射了第二颗"澳星",中国首批对外发射任务,才算圆满完成。

1992年8月17日,即第一颗"澳星"发射成功的第三天,中国火箭技术研究院又在北京南苑召开全院动员大会,拉开了发射第二颗"澳星"的序幕!

于是,刚刚从发射场返回北京的专家和技术员们,仅仅休息了一天,便走进了车间和试验室。而几位总设计师,只休息了4个小时。

经过两个月的拼命苦干后,用于发射第二颗"澳星"的"长2捆"火箭正式出厂。

载有"长2捆"的专列经四天四夜的奔波,于10月20日安全抵达西昌发射场。

仅仅喘了一口气的西昌卫星发射中心的全体工作人员,迅速进入发射前的紧张准备之中。

来回奔波于大洋两岸的美国人也不轻松。第一颗"澳星"发射成功后,我国航天人忙于赶造新的火箭和恢复发射场。而美国人却要忙于指挥控制正在天上飞速运转的"澳星",并使之尽快与地面建立正常的联系。

当这一系列的工作结束后,美国人又迅速扑向第二颗"澳星"的准备。

接着，他们把第二颗"澳星"用专机小心翼翼地从洛杉矶护送到西昌。

10月31日中午，美国的专机降落在西昌机场。每次专机一到，都要迅速从专机上卸下卫星。但每次的卸机工作，都异常艰难。

这次的第二颗"澳星"尚未到达西昌前，美方的列文斯顿便找到中方的唐贤明，商量这次的卸机方案，表示愿意同中方合作。

唐贤明爽快地答应了，他说："只要你们负责的那部分工作不拖延时间，我们只需4个小时就能全部卸完。"

列文斯顿听了，又惊又喜，但仍有些怀疑，坚持要与唐贤明打赌：中方若在4小时内卸完飞机，他愿输两箱青岛啤酒。反之，唐贤明输给他两箱青岛啤酒。

结果，当第二颗"澳星"到达西昌机场后，中方果然只用了4小时便顺利完成了卸机任务。

双方工作人员，都大喜过望。至于那两箱啤酒的事，列文斯顿却只字未提。岂料一周后，两箱青岛啤酒却送到了唐贤明的办公室。

唐贤明正莫名其妙，列文斯顿一下握住他的手说："唐先生，很抱歉！由于西昌买不到青岛啤酒，我只好托人从成都去买。晚送了几天，请原谅。"

这次"澳星"的准备工作，进展十分顺利。

12月1日这天，眼看发射日就要来临，"澳星"已经吊在了发射塔上，准备与"长2捆"进行对接。但这时，美国人偏偏又接到了从洛杉矶总部打来的电话，说是"澳星"的某个部件有问题。

于是，刚刚吊上塔架的"澳星"，又急忙从塔架上卸了下来，重新拉回厂房。

本来，中美双方已经确定，发射日定在12月9日。可现在卫星突然又发现问题，美方只好又向中方提出请求，推迟"澳星"的发射日期。

于是，双方经再次协商后，将原定的12月9日发射，又重新改定为12月21日发射。

12月21日晚，中美双方准时进入发射程序。

当晚，除了天气比往日更冷以外，整个发射场区没有出现任何异常。无论是美方还是中方，发射程序都进行得十分顺利。

当离点火发射还剩最后15分钟时，中外航天决策高层都已在指挥控制大厅里就座。

与此同时，无形的通信网络，已将洛杉矶、西昌和堪培拉、北京四地连成了一体。

中、美、澳各处原跟踪测量站，也全部做好了跟踪火箭和卫星的准备。

19时20分，随着发射指挥员一声令下，"长2捆"准时点火。

当指挥大厅的人们从大型屏幕上看到擎着"澳星"的火箭呼啸而起时，一下子全都站了起来，高兴得使劲鼓掌。

随后，西昌、贵阳、西安等跟踪测量站以及太平洋上的"远望"号测量船，纷纷传来"火箭飞行正常"的消息。

19时50分，西安卫星测控中心传来报告：

"澳星"已于19时31分被火箭送入预定的椭圆形轨道。

19时51分，中方将"澳星"入轨的轨道根数交给了美方。

随后，休斯公司负责人海伦代表美方，长城工业公司负责人代表中方，郑重履行了法律手续，分别在有关文件上签了字。

进入预定轨道后的"澳星"，将由美方的测量站进行跟踪控制，等定点后再交付澳大利亚通信卫星公司管理使用。

至此，中方指挥长胡世祥这才站起，正式宣布：

第二颗"澳星"发射成功！卫星各项初始轨道根数符合要求！

顿时，指挥大厅欢声如潮，掌声雷动，16名礼仪员手捧五粮液款款出场，为中外航天专家献花敬酒。

中、美、澳三方代表，高举杯盏，相互祝贺，并发表了热情洋溢的讲话。

美国休斯公司副总裁惠特曼激动地说：

今晚"澳星"发射成功，简直是太棒了！我们很高兴利用中国的火箭发射卫星。这是我们与中国进行国际合作的典范，是人类理解和友谊的象征。它必将继续下去，其前途不可限量！

长城公司副总经理陈寿椿说：

今晚"澳星"发射成功，是给美国朋友和澳大利亚朋友最有价值的圣诞礼物！

中外专家们相互握手拥抱。尤其是中国专家们，个个热泪纵横，欣喜若狂。

研究院院长沈辛荪和总指挥于龙淮刚刚走出指挥大厅，便和同事们紧紧拥抱在一起。

于龙淮还对着夜空，大声喊了起来："成功啦！成功啦！"

当晚，"腾云楼"宾馆举行了盛大的宴会。中外专家和数百名贵宾频频举杯，热烈祝贺。

航天部、卫星发射中心等各个参加发射的单位，也分别举行了酒宴。

与此同时，山上山下，沟里沟外，房顶楼前，村口路边，到处响彻着噼里啪啦的鞭炮声，从当晚19时一直响到次日1时。

尤其是美国朋友，放鞭炮简直上了瘾。

据说，有一位平时相当省吃俭用，连上邮局发信都是步行的美国朋友，竟然高兴得一下买了1000多元人民币的鞭炮，痛痛快快地放了一个晚上。

远在北京的中国火箭技术研究院也沸腾起来。当晚，上万名科技工作者和干部职工家属敲锣打鼓，竞放鞭炮。他们载歌载舞，直到筋疲力尽，方才罢休。

中国航空航天报社的工作人员，当看完"澳星"发射实况转播后，便携带着几百份刚刚赶印出来的还散发着油墨气味的《中国航空航天报》"号外"，乘车驶上北京街头，将"澳星"发射成功的喜报分别送到民警、司机、哨兵和售货员的手上。

中共中央、国务院、中央军委当即便向参加"澳星"发射的全体人员发去贺电，热烈祝贺"澳星"发射成功！

江泽民、杨尚昆、李鹏、刘华清、张震等领导，当晚分别给国防科工委主任丁衡高和西昌卫星发射中心打去祝贺的电话。

第二天，全国各大报纸以头条位置隆重推出"澳星"发射成功的消息。海外众多报纸也对此纷纷报道。

美联社北京12月21日电称：

中国的火箭今天将一颗澳大利亚通信卫星送入太空。这次发射非常顺利，这对中国参与国际卫星发射竞争的勃勃雄心是一个促进。

路透社北京 12 月 21 日电称：

中国今天将第二颗澳大利亚通信卫星送入轨道，这是北京羽翼渐丰的航天计划的一次胜利。

这次发射圆满完成了 1988 年签订的购买、发射卫星的合同，这笔交易价值 3.6 亿美元。

《香港时报》12 月 22 日报载：

昨晚 7 时 20 分，西昌卫星发射中心用"长 2 捆"火箭又成功地发射了一颗"澳星"。

据西安测控中心传来的数据表明，"澳星"顺利进入太空预定轨道，并建立了合同所规定的入轨姿态。

有关卫星轨道根数等主要参数已交付用户。至此，中国大陆为澳洲发射两颗通信卫星的合同全部完成。

再度合作发射第三颗"澳星"

第二天4时，中方一位翻译刚刚合上眼睛，一阵急促的电话铃声突然将他惊醒：美方告急说没有接收到卫星上的信号，卫星至今下落不明，请求中方立即协助查找分析原因，并点名要与中方的王德臣、李宝铭、胡世祥、佟连捷4位紧急会商。

中方几位专家得知这一突然而至的消息后，刚刚松了一口气的心又陡然紧张起来：为什么收不到卫星上的信号？到底是什么原因，是火箭出了问题，还是卫星本身发生了故障？

"长2捆"火箭点火成功，这是当时发射场区成千上万观看发射的人们有目共睹的事实。火箭起飞不久便爆出一团火球，这同样是当时发射场区成千上万观看发射的人们有目共睹的事实。

中方专家们根据对西昌、西安卫星测控中心和太平洋上"远望"号测量船所获得的数据分析，结果表明，"长2捆"火箭在全过程中飞行正常。至于那团火球，中方专家们根据从录像上的观察分析，认为引爆点很可能出在卫星身上。

正当中外专家们百思不得其解之际，西昌发射场附近有老百姓报告：山上发现有被烧焦的物体。

根据中美间有关合同规定，卫星万一在中国境内发生意外或者坠毁，所有的航天部件以及卫星残骸应归还美方，而中方不能以任何方式检查或者拍照。因此，中方得到报告后，及时将这一消息通报了美方。

美方专家们在老百姓的引导下，爬上山顶。

当他们走近出事现场时，所有的专家全惊呆了：山岩上，草丛里，横躺着一片片已被烧焦了的部分卫星和卫星整流罩的残骸……火燎的残骸片上，中、美、澳3面国旗图案还清晰可见。

几天后，三方据有关证据认定："澳星"上天后失踪，并非"长2捆"火箭性能所致。

专家还强调说，在卫星意外爆炸，产生震动时，中国的"长2捆"火箭在有效载荷重量减轻的情况下，自动调整好姿态后，仍按原定程序正常飞行，并将"澳星"爆炸后的残余部分送入了预定轨道。

无疑，这是一个奇迹！

这场灾难给中、美、澳三方的航天工作者在精神上带来的打击，是无法言说的。面对这种失败，中外航天专家们并没有气馁，上亿美元的代价换来的，是大家再度的精诚合作。

于是，1994年8月28日晨7时10分，第三颗"澳星"又被中国的"长2捆"火箭在西昌成功地送入了太空！

本书主要参考资料

《中国大决策纪实》黄也平主编 光明日报出版社
《中国航天腾飞之路》王礼恒主编 中国文史出版社
《天路迢迢》李鸣生著 中共中央党校出版社
《澳星风险发射》李鸣生著 福建人民出版社
《中国航天界的一个传奇》刘思燕著载于《国际人才交流》1988年第6期
《天街明灯：中国卫星飞船传奇故事》中国空间技术研究院主编 中国宇航出版社
《震天惊雷：倾听液体火箭发动机的轰鸣》殷秀峰主编 中国宇航出版社
《当代中国的航天事业》张钧主编 中国社会科学出版社
《天歌》李天泉 何建明著 中国宇航出版社
《创造奇迹的人们》柏万良著 湖北教育出版社
《天穹神箭》中国运载火箭技术研究院主编 中国宇航出版社
《中国航天决策内幕》巩小华著 中国文史出版社
《太空追踪》李培才著 中共中央党校出版社
《卫星史话：我国第一代同步通信卫星的通信系统》陈道明编《卫星与网络》杂志
《中南海三代领导集体与共和国科教实录》岳庆平主编 解放军文艺出版社